푸른 절벽

dot.25 김창규

푸른 절벽

아작

toc.

1 ___ 7

2 ___ 28

3 ___ 47

4 ___ 63

5 ___ 97

6 ___ 113

7 ___ 145

작가의 말 165

1

 종화는 발 디딜 곳 없는 공간에서 아래로 추락하고 있었다. 그를 끌어당기는 힘은 발끝에서 머리까지 동일하게, 같은 방향으로, 천천히 작용했다. 큰일이 벌어질지도 모른다는 두려움에 잠깐 휩싸였지만, 무기력에 뒤따르는 나른함과 더불어 일어날 일은 결국 일어날 거라는 자각이 그를 안심하게 만들었다. 이대로 떨어지면 블랙홀 중심을 향해 떨어지고 또 떨어지다가 이윽고 사건의 지평선에 닿으면서 그 상태 그대로 영원히 머물 것으로 보였다. 비록 그림자처럼 얄팍하고 이리저리 흔들릴지언정 정신은 꽤 튼

튼했기 때문에 주변의 물리적인 상태에 변화가 생기지 않는, 변하지 않는 존재로 남을 자신이 종화에게는 있었다. 적어도 제삼자는 그렇게 관찰할 것이다.

그럼 내가 보기에는 어떻지?

그렇게 생각한 순간 온 세상이 흔들렸다. 그럴 리가 없었다. 종화가 사는 세계는 물리적으로 달라질 수 없었다. 현실적이고 경제적인 이유로, 그 누구도 세계의 구조에 손을 델 까닭이 없었다. 지붕과 벽을 거미줄로 만든 집처럼 위태로운 구조물이었지만, 원인이 없는데 출렁일 리가 없었다. 그럼에도 온 세상이 격하게 진동했다.

종화는 무겁고 뻑뻑한 눈꺼풀을 억지로 들어 올렸다. 유행에 따라 표정 없는 가면으로 얼굴 절반을 가린 요수가 종화의 안락의자를 흔들고 있었다.

"눈 떴냐? 감은 거랑 구분이 돼야 말이지."

종화가 앉은 나무 의자는 침대처럼 바닥과 수평을 이뤘다가 오뚜기처럼 서기를 반복하고 있었다. 요수는 17년째 조금도 망가지지 않은 나무 가구 정도는 단숨에 둘로 쪼갤 수 있을 만큼 다부진 팔에 힘을 주어 의자를 멈췄다.

"죽은 줄 알았네."

"이렇게 흔들면 산 사람도 죽어."

요수는 주위를 두리번거리다가 발코니 앞에 놓인 긴 의자를 찾아 앉았다.

"취향 독특하네. 일부러 이런 위치를 골라서 집을 산 거야?"

종화의 집에서는 바깥 풍경을 감상하기 위해 마련한 긴 의자에 앉아서 창문 너머로 눈을 올리면 좌우로 양분된 지평선을 볼 수 있었다. 왼쪽은 어디서나 볼 수 있는 평범한 세계인 반면 오른쪽은 백색과 검은 선만으로 조성되어 입체감이 헝클어진 백야로였다. 백야로는 아주 좁은 지역이었기 때문에 의도적으로 집의 위치를 선택하지 않는 한 세계가 정확히 둘로 나뉜 광경은 휴원시 어디에서도 보기 힘들었다.

"검색 한 번에 찾아냈어. 마침 집도 비어 있었고."

"그랬겠지. 누가 저걸 보면서 살고 싶겠어."

종화는 완전히 정신을 차리고 몸을 일으켰다.

"그나저나 웬일로 집에 다 찾아왔어?"

"전화를 꺼놨더라. 급하면 오라고 도어락 번호까지 알려줘놓고는."

"그건 그런데… 다음 달 15일까지 휴가라고 했잖아."

요수가 얼굴에서 장난기를 거두고 말했다.

"이번 일은 맡아야 할 것 같아서."

종화는 조수인 요수에게 업무 접수를 전적으로 맡기고 있었다. 요수가 거르고 남은 일거리는 단 한 번도 거절하지 않았다. 사실 요수가 합류하기 전에도 막상 들어온 의뢰를 거절한 적은 없었다. 직업상 말만 몇 마디 나눠보면 사람의 성실성을 파악할 수 있다고 자신하던 종화는 요수를 처음 만나고 10분 만에 조수로 채용했다.

"휴가라는 게 무슨 뜻인지 알고는 있지?"

종화가 묻자 요수가 실망감을 숨기지도 않고 되물었다.

"그래도 6개월이나 쉬는 건 심하지 않아?"

민간조사원은 경찰과 달라. 공무원도 아니고, 일하기 싫으면 언제든지 사무실을 닫을 수 있어. 종화는 틀에 박힌 말로 대답하려다가, 5개월 전에 휴가를 시작하겠다고 통보할 때도 같은 말을 했음을 깨닫고 입을 열지 않았다.

"그리고 네가 어디 보통 탐정이야?"

종화는 거실과 맞붙어 있는 주방으로 가서 물을 따라 마셨다. 요수는 발코니를 등지고 앉아 긴 의자의 등받이에 상체를 싣고, 격투기 선수답게 매서운 눈으로 종화의 움직임을 좇았다.

"내가 그동안 일하는 거, 요수 너도 봤잖아. 나도 다른 조사원이랑 똑같아. 경찰이 준 정보가 부족하다 싶으면 발로 뛰고, 고객이 원하는 걸 주는 게 다야."

"그건 맞는데…."

종화가 보기에 요수는 계획을 세워 행동하지 않고, 충동적이고, 의무감에 따르지 않는 유형이었다. 사실 종화의 사무실은 혼자 운영하기에 모자람이 없었다. 따라서 직원을 쓸 필요가 없었지만, 굳이 고용해야 한다면 불성실한 쪽이 나았다.

하지만 종화가 생각했던 것보다 요수가 타인의 의견에 잘 공감한다는 데에 문제가 있었다. 그 점은 종화의 직업을 생각할 때 확실히 약점이었다. 종화는 자부심과는 정반대로 사람의 본성을 파악하기까지 긴 시간이 필요했다.

"종화, 넌 사람을 살리는 탐정이잖아."

종화는 한숨을 쉬었다. 특정 직업군, 예를 들어 경찰이나 엔지니어나 민간조사원처럼 자격을 획득하기 위해서 휴원특별시의 구조를 반드시 공부해야 하는 사람들은 불가능과 가능을 간단히 구분할 수 있었다. 반면 그럴 필요가 없는 사람들은 여전히 주관과 취향에 맞춰 세계를 이해했다. 세상을 몰라도 잘 살아갈 수 있다는 인생의 기본 원리는 다른 곳과 마찬가지로 휴원시에서도 그럭저럭 통했다. 죽은 사람을 조종하는 부두교 사제나 네크로맨서는 절대로 존재할 수 없지만, 그런 일이 벌어진들 뭐가 달라지냐고 되묻는 사람은 아주 많았다.

"민간조사원은 의사가 아니야."

종화의 말에도 요수는 지지 않았다.

"어차피 여긴 의사가 없잖아."

"의사가 있든 없든 상관없어. 민간조사원은 고객에게 받은 의뢰를 해결하는 직업이야."

요수는 대답을 찾아 눈동자를 굴렸다.

"그럼 왜 고객들이 널 그렇게 부르는데? 실제로 죽은 의뢰인이 한 명도 없다면서."

바로 그 사실 때문에 종화는 입장이 난처했다. 모

든 인간의 기본 상태는 생존이다. 죽음이야말로 특별한 사건이다. 의뢰인은 살아 있기 때문에 민간조사원을 찾아올 수 있다. 종화가 요구를 충족시켜주고 대가를 받은 뒤에 고객이 살아 있다고 해서 별다른 일은 아니었다. 적어도 남들이 보기에는 그랬다. 종화가 휴원시에서 사무실을 연 뒤 지금까지 다녀간 사람의 생사를 따로 기록한 사람도 있을 리 없었다. 그런데 왜 그런 소문이 도는지 종화는 알 수가 없었다.

도대체 누가, 어떻게 알았을까. 심지어 요수도 그건 모를 텐데.

종화의 생각은 요수를 처음 만났던 그날로 자연스럽게 옮겨갔다.

종화는 휴원시로 이주한 뒤 1년쯤 공부하고 자격증 시험을 치른 다음 '자주 민간조사소'를 열었다. 요수를 고용한 것은 훨씬 뒷날 일이었다. 요수는 종화의 사무실이 있는 주상복합 건물 12층에 살았고, 가끔 오가다가 마주치는 일도 있었다. 종화는 직업적인 습관 때문에 관찰력이 좋기도 했지만, 어떻게 운동을 하면 근육이 적지 않으면서도 저렇게 민첩하다는 느낌을 줄 수 있는지 호기심을 품은 탓에 요수를 확실히 기억하고 있었다.

어느 날인가 종화는 7층에 있는 술집 '중간층'에서 혼자 맥주를 마시다가, 점포 안 가장 어두운 자리에서 무표정한 얼굴로 일행 한 사람과 마주 앉은 요수를 발견했다. 사실 얼굴의 절반을 가면으로 가리고 있었기 때문에 종화가 볼 수 있는 요수의 표정은 가면을 쓰지 않은 쪽 절반뿐이었다. 한 시간 정도 제 할 말을 지치지 않고 늘어놓던 요수의 대화 상대는 마침내 그 자리를 떠났다. 요수는 상대가 처음부터 존재하지 않았던 것처럼, 빈자리 너머로 멍하니 벽을 바라보고 한참을 앉아 있었다. 그러다가 자신을 관찰하는 눈길의 임자를 알아챘고, 느릿한 걸음으로 종화의 옆자리로 옮겨 앉더니 술을 시켰다.

종화는 당황하지 않았다. 그저 불편했다. 휴원시 사람의 외모는 실로 다양했다. 인류 역사상 유례가 없을 정도였다. 전부 다 기억은 못 하지만, 종화도 자신의 외모가 현재 상태인 데에 분명히 타당한 이유가 있을 거라고 생각했다. 휴원시에 오기 전의 자신이 그런 삶을 바랐나 보다 생각하기도 했다. 그래서 변경을 신청하지 않고 그대로 살았다. 그처럼 보는 이를 긴장하게 만드는 인상이라면 조용히 살아가기는 쉬울 것이 분명했다.

그런데 가끔 얼굴이 만드는 경고지대를 단숨에 무시하고 접근하는 사람이 있었다. 사람에 따라서는 흉측하다고 표현할 수도 있는 종화의 생김새를 신경 쓰기는커녕 오히려 그에게 이끌리는 이들이 있었다. 민간조사원 시험을 치면서 배웠던 세상의 원리만으로는 설명할 수 없는 일이었다. 하지만 이제, 휴원시에서 17년을 살다 보니 어떤 사람이 그러는지 짐작은 할 수 있었다.

무의식중에 죽음을 예감하는 사람만이 종화에게 다가왔다. 종화는 처음 그 사실을 깨달았을 때 자신이 민간조사원이란 직업을 선택한 게 정말 우연이었는지 여러 날에 걸쳐 고민했다.

종화는 그동안 만났던 모든 의뢰인의 일거수일투족을 기억했다. 요수와 처음으로 대화를 나눴던 그날, 요수가 지인과 앉아 있던 테이블 자리도 또렷하게 기억하고 있었다. 종화가 추측한 대로 상대가 떠난 뒤 그 자리에는 변화가 있었다. 그곳은 이제 가게 안에서 가장 어두운 장소가 아니었다. 그 어둠은 공

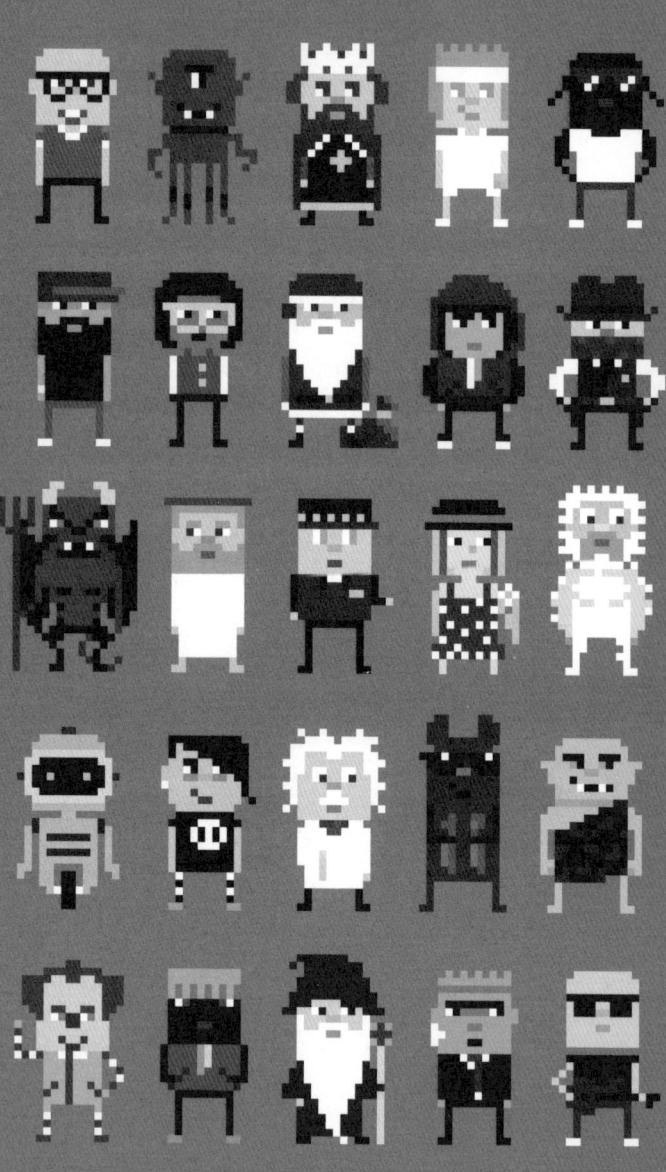

간이 아니라 요수를 감싸고 있었고, 고스란히 종화의 옆자리로 따라왔다. 옆에 앉은 요수는 검고, 원근법을 무시하고, 손이 닿으면 그 즉시 괴사해서 떨어져 나갈 것처럼 진하고 강렬한 어둠을 등에 업고 있었다. 종화를 찾아오는 의뢰인들처럼. 종화는 이 기회에 어둠을 더 자세히 관찰해볼까 생각했으나, 바로 옆자리에 앉아서 사람을 빤히 쳐다보다가 괜한 오해를 받고 싶지 않았기 때문에 입을 다물었다.

취기가 올랐는지 요수는 잠긴 입을 풀고 넋두리를 시작했다. 먼저 가게를 나간 사람은 요수의 연인이었다. 두 사람은 1년 동안 사귀었다. 요수는 이별하기로 마음을 굳히고 아무 통보 없이 떠났다. 연인은 휴원시를 샅샅이 뒤진 끝에 요수를 간신히 찾아냈다. 그리고 정말로 자신과 절연할 생각인지 물었다. 요수는 대답하지 않았다. 연인은 그걸로 충분히 답을 들었다고 생각하고는 가버렸다.

"그동안 소리 지르고, 물건을 집어 던지고, 화를 내고, 서로 상처를 줬던 게 다 쓸모없었다는 얘기지. 진작 입을 다물고 떠나면 됐는데. 하지만 이제라도 완전히 끝냈으니까 괜찮아."

종화는 결별하기로 마음먹은 이유가 무엇인지 묻지 않았다. 지극히 사적이고 유일무이한 사정 때문이든, 세상 모든 연인을 가장 많이 떼어놓는 뻔한 이유이든 관심이 없었다. 종화가 흥미를 가진 것은 요수의 구체적인 과거가 아니라 그를 따라다니는 어둠이었다. 종화는 주특기를 십분 발휘해서 잠깐 화장실을 다녀올 때 빼고는 단 한 마디도 하지 않고 요수의 얘기를 들어주었다. 덕분에 요수는 경계심을 제 손으로 풀고 종화가 귀를 기울이는 척하면서 자신을 감정해도 수상하게 여기지 않았다. 종화는 비로소 요수에게 매달린 어둠의 종류를 가려낼 수 있었다. 억지로 뜯어낸 것처럼 경계가 거칠고 불투명한 흑색. 그림자와 달리 빛에 의존하지 않고, 빛에 아무 관심이 없는 것처럼, 마치 프런트 바의 탁자 위에 확고하게 놓여 있는 술잔과 금속 접시에 담긴 아몬드처럼 독자적으로 존재하는 어둠이었다.

요수는 종화가 '검정호박석'이라고 이름 붙인 어둠에 곤충처럼 박혀 있었다.

물론 요수는 그 사실을 알지 못했다. 그를 홀로 남겨놓고 영영 가버린 전 연인과 새로 들어온 손님에게 칵테일을 만들어주고 있는 '중간층'의 사장도 마찬가지였다. 종화는 그처럼 실체가 뚜렷한 어둠을 볼 수 있고 이름을 따로 붙일 만큼 분간하는 사람이 휴원시에, 이 세계에 몇이나 되는지 알지 못했다. 다른 이에게 물어볼 수도 없었다. 뭐라고 대답할지 이미 알고 있었기 때문이다.

어둠이란 건 원래 그렇잖아.

틀린 말은 아니었지만 종화가 원하는 답도 아니었다. 사람들이 엉뚱한 대답을 하는 이유도 알고 있었다. 질문이 잘못됐기 때문이었다. 하지만 종화는 무엇을 어떻게 물어야 할지 몰랐다. 어둠에 종류가 있고 검정호박석처럼 특별한 어둠이 따로 있다는 사실을 모르는 사람에게 어둠이란 그냥 빛이 닿지 못하는 공간의 속성이었다. 하지만 호박석은 사람을 따라다녔다. 그 점을 깨달은 뒤로 종화는 질문을 던져 답을 얻는 대신 그저 이야기를 들었다. 어둠의 목표물이 되는 사람으로부터 공통점을 발견하기 위해서였다.

마음이 지쳐 말수가 줄어들고 점점 눈이 감기는 요수를 옆에 두고 종화는 고민했다. 요수의 어둠을 그대로 두어야 할까? 그러면 음식을 사러 나가다가,

산책을 하다가, '중간층'에 올라오다가 요수를 만날 때마다 자신이 선택한 결과를 봐야 했다. 요수는 점점 수척해질 테고, 그의 눈동자는 상승하는 어둠에 잠길 테고, 어쩌면 이 주상복합 건물에서, 휴원시에서 요수가 완전히 사라질 수도 있었다.

"우리 사무실에서 아르바이트 할래?"

종화는 가게 사장이 영업을 마감하기 직전에 제안했다.

"뭐 하는 사무실인데?"

"민간조사."

요수가 게슴츠레한 눈으로 물었다.

"흥신소? 불륜 추적하고 증거 잡아서 수고료 받는 거?"

종화는 미심쩍은 눈으로 잠시 요수를 노려보았다. 그리고 자연스러움을 가장해 시선을 다른 곳으로 옮겼다. 휴원시에는 많은 사람이 모였다. 나라 전역에서, 다양한 문화에 살던 사람이, 기억을 지우고서. 하지만 기억이란 복잡하고 유기적으로 연결되어 있기 때문에 열심히 골라서 지운들 파편이 남았다.

"언제 적 얘길 하는 거야? 여긴 그런 거 없어."

요수가 바람 새는 소리를 내며 웃었다.

"맞다. 그럼 뭐야. 경찰이 못 잡는 범인 찾아내고 잘난 척하는 그런 건가? 아니다. 그건 다른…."

프런트 바에 나와서 술병에 쌓인 먼지를 닦던 사장이 눈에 보일 듯 말 듯 움찔거렸다. 본의 아니게 엿듣고 미안했는지 자연스럽게 자리를 피하는 사장의 뒷모습을 종화가 물끄러미 바라보았다.

"선택지는 하나가 아니라는 사실을 의뢰인에게 알려주는 직업이야."

사실 지금 너한테도 그러고 있는 거야. 종화는 쓸데없는 설명을 덧붙이지 않았다.

"어떻게?"

"보통은 고객이 모르던 진실을 알려주면 돼."

그 반대 경우도 있지만. 종화는 말을 삼켰다. 술집이든 민간조사소든 사업 비밀은 사장만 알고 있어야 했다. 입 밖으로 꺼내지 않을 말이라면 생각도 하지 말아야 했다. 평생에 걸쳐 연습했지만 여전히 익숙해지지 않았다.

"광범위하게 일반적으로 말하자면, 고객이 원하는 바를 손에 넣을 수 있게 최대한 돕는 거지."

요수는 자신의 문제를 잊은 것 같은 시선으로 종화를 마주 보았다. 종화는 거리낄 게 없었기 때문에 요수의 눈길을 정면으로 받았다. 요수의 어깨에 깨무는 것처럼 박혀 있던 호박석에 소리 없이 실금이 생기고 퍼져나갔다. 어둠의 결정은 잘게 부서지고 사방으로 증발하더니 아무 흔적도 남기지 않고 사라졌다.

그거야말로 종화가 고용이라는 핑계를 대고 요수와 연을 잇는 이유였다. 이유는 알 수 없지만 어둠은 종화를 싫어했다. 사람에게 붙어 있던 검정호박석은, 그 사람이 종화와 관계되는 순간 사라졌다.

"거짓말은 아닌 것 같네. 내가 또 사람은 잘 보거든. 알바 할게. 그럼 직원으로서 사장한테 하나 물어보자."

요수는 검지로 종화의 얼굴을 가리키고 술 때문에 잘 돌아가지 않는 혀를 굴리며 말했다.

"입이 그렇게 귀밑까지 찢어지고 혀가 둘로 갈라졌는데 말은 어떻게 하는 거야?"

요수는 답을 들을 생각도 없이 키득키득 웃었다. 물론 종화는 대답할 필요를 못 느꼈다. 휴원시 사람이라면 누구나 답을 알고 있기 때문이었다. 휴원시는 물리법칙에 기반한 세계가 아니라 필요성 때문에 만들어진 도시였다. 발성학 이론은 이곳에서 크게 중요하지 않았다.

웃음이 힘을 잃자 요수가 물었다.

"하지만 다른 직업도 있어서 전임으로는 못 해. 괜찮아?"

"괜찮아. 다른 직업이 뭔지 물어봐도 되나?"

"어. 격투기 선수야. 경기가 잡히면 표 줄 테니까 와서 봐."

요수는 웃옷 소매를 걷어 팔근육을 보여주었다.

그다음 날부터 요수는 총 수임료의 10퍼센트를 받기로 계약하고 종화의 조수가 되었다. 일거리가 많지 않은 편이라 주당 근무 시간은 적었지만 요수가 사무소의 일원이 된 것도 어언 2년이 다 돼가고 있었다. 불필요한 문제는 일으키지 않을 거라는 판단에 비상시 연락할 집 주소까지 가르쳐 주었지만, 종화도 요수가 의뢰 문제로 찾아올 거라고는 예상하지 못했다.

종화는 평상시처럼 한숨을 한 번 쉬고 물었다.

"무슨 의뢰길래 그래?"

요수의 반쪽 얼굴이 활짝 웃었다.

"우리 사무실도 이제 잘 나가나 봐. 네임드북에 기재된 사람이야."

'네임드북'은 대중에게 정보를 공개하기 전에 여러 과정을 거쳤다. 무엇보다 본인이 직접 정보를 올려야 했고 공인된 검증 절차가 따로 있었다. 따라서 이번 의뢰인은 독립된 개인으로 실존하고, 법적으로나 사회적으로나 떳떳하게 활동하는 인물이었다. 종화는 예비의뢰인의 출신이나 활동 영역에 따라 일을 가려 받지는 않았다. 하지만 조사 활동의 편리함이나 안전을 고려하면 범죄를 주업으로 삼지 않는 사람 쪽에 호기심이 더 생기는 건 사실이었다.

"이름은?"

"이명서. 나이는 서른둘. 건축설계사야."

"어디서 들어본 이름 같은데…."

"유명인이니까 들어봤을 거야. 웬만큼 유명한 랜드마크는 다 그 사람이 설계했거든. 네임드북에 적힌 것만 열두 개더라. 중앙경기장에 뉴트리 타워에 서문예배당 본당에… 아무튼 중요한 건 다 했어."

'서문예배당'이란 다섯 글자가 고속으로 회전하다가 튕겨 나간 톱날처럼 종화의 가슴을 할퀴고 지나갔다.

요수는 잠시 뜸을 들이고 덧붙였다.

"너도 놀랐지? 별일 없으면 최대한 빨리 만나자고 하더라. 우리만 괜찮으면 오늘도 괜찮대. 쉽게 오는 기회가 아니니까 나도 그게 좋다고 봐."

"오늘?"

요수는 맡은 일에 어울리지 않게 기억력이 좋지 않고 착실하지도 않았지만 적어도 허튼소리를 하는 법이 없었다. 종화는 여전히 달뜬 요수의 목소리에서 좋지 않은 예감을 느꼈다.

"의뢰 내용이 뭔데?"

"파일로 보냈으니까 가면서 읽어봐. 암결이니 뭐니 하던데 난 잘 모르겠더라."

'암결'이라는 말을 듣자마자 종화의 시선은 저도 모르게 창밖으로 향했다. 좌우로 나뉜 바깥세상의 왼쪽, 휴원시 중심가에서 꽤 떨어진 곳에 서문예배당의 뾰족한 첨탑 세 개가 하늘을 공격하듯 서 있었다. 탑들은 서로 높이가 달라 보는 이마다 다른 인상을 받곤 했다. 굳이 그리스 신화에서 유사점을 찾아와 하늘을 찌르는 삼지창이라고 부르는 사람이 있는가 하면, 휴원시에 위기가 닥치면 세 탑이 히드라의 입처럼 갈라지며 그 안에서 지대지 탄도탄이 발사될 거라고 술자리에서 호언장담하는 사람도 있었다. 하나같이 휴원시의 본질과 직접 관계가 있는 농담이었다.

종화에게 서문예배당은 새였다. 중앙 탑은 눈이 없는 새의 머리였고 좌우 탑은 외발톱이 하나씩 솟아 나오고 살갗이 가죽처럼 질긴 두 날개였다. 저녁에는 주황색 노을을, 아침에는 도심의 활기를 배경으로 삼는 검은 새의 윤곽은 지옥에서 막 뜯어낸 것처럼 거칠었다. 양 날개는 아주 커서, 정오의 햇빛이 만물을 선명하게 드러내는 순간에도 예배당 건물과 인근 주차공간을 모조리 감싸 안고 있었다. 검은 괴조는 태초부터 단 한 번도 움직이지 않고, 알껍데기 속에서 태아기를 보낸 적도 없으며, 앞으로도 영원히 늙거나 죽지 않을 것처럼 요지부동이었다.

하지만 종화는 그 누구에게도 서문예배당에 검은 새가 산다고 말하지 않았다.

2

 곧 정식으로 의뢰인이 될 이명서는 뉴트리 타워에 있는 자신의 설계사무실로 찾아와달라고 부탁했다. 요수는 종화를 생체전기차에 태우고 교통법을 어기지 않는 범위 안에서 휴원시 외곽도로를 가장 빠르게 달렸다.
 종화가 묻지도 않았는데 요수가 말했다.
 "45분이면 뉴트리 타워에 도착할 거야."
 종화는 조수석에 앉아 도구함 위에서 흔들리는 단백질 보충체 용기를 물끄러미 바라보았다.
 "그렇게 신나?"

"그럼. 네가 이명서 같은 유명인을 살리면 더 유명해질 거 아냐."

"유명해지고 싶으면 6개월이나 휴가를 냈겠어?"

요수는 종화의 대답을 완전히 무시했다.

"이름이 나면 더 많은 사람을 살리겠지. 그럼 좋잖아."

누구도 반박하지 못할 말을 툭 던진 요수는 생체차를 능숙하게 운전해 도로 위 경쟁자들을 꾸준히 제쳤다. 이명서가 기다리고 있는 뉴트리 타워가 조금씩 다가왔다. 종화는 알고 있는 상식을 되새겨보았다. 뉴트리는 지상 높이가 5백 미터에 달하고 지하 4백 미터까지 뿌리가 뻗어 있는 나무탑이었다. 탑의 내구성을 높이기 위해 수천수만 개의 덩굴줄기가 뉴트리의 안팎을 감싸고, 파고들고, 엮고 있었다. 뉴트리 내부는 약 80개 층으로 나뉘었고, 각 층의 천장과 바닥 역시 덩굴나무로 이뤄져 있었다.

나무로 세운 구조물이라는 점만 본다면 뉴트리도 여타 건물과 다를 게 없었다. 종화가 사는 주상복합을 포함해 휴원시의 건물 가운데 80퍼센트가량이 목조였다. 시가 처음 기획될 때부터 존재했던 동세로 1길에서 시작해 동세로 5길에 이르는 구간은 건물 간 간격조차 명확하지 않은 자연림 형태의 공동주택이 대부분이었다. 그 뒤로는 순서대로 유행이 반영되었다. 이를테면 동가로 지역은 나무 표면을 금속처럼 가공한 혼합건물이 대세였고, 종화의 사무실이 있는 서세로는 두 건축양식이 뒤섞여 있었다. 가장 최근에 형성된 서가로 지역은 이른바 작가주의 건축 유행이 고스란히 반영되면서 속씨식물뿐 아니라 양치류에 이르기까지 다양한 식물로 건물을 짓는 것도 모자라 동물계 일부의 특징까지 결합하기에 이르렀다. 식충식물과 다리가 넷뿐인 거미를 결합한 건물은 서가로 지역을 대표하는 오브제였다.

따라서 뉴트리는 외형만 놓고 보면 1세대 건물로 분류해야 했다. 하지만 뉴트리의 놀라운 점은 디자인이 아니라 구조와 규모에 있었다. 지하의 뿌리부터 뾰족한 옥상 끝에 이르기까지 이 세계의 자체 물리법칙을 단 하나도 어기지 않으면서 높이가 3백 미터를 넘는 건물은 뉴트리가 유일했다. 다른 건물과 무려 1백 미터 이상 차이가 나다 보니, 뉴트리는 그야말로 휴원시의 모든 건축물과 사람을 내려다보는 최고의 나무이자 건물이 되었다. 네임드북에 따르면 이명서는 그런 일을 해낸 사람이었다.

생체차는 어느덧 휴원시 중심가로 진입함을 알려주는 게이트를 향해 질주하고 있었다. 게이트에는 커다란 나무 현판이 걸려 있었다. '우리가 원한 세상, 우리가 바란 축제'라는 글자들을 안개꽃과 코스모스가 장식하고 있었다. 두 구절 사이에 자리한 축제의 이름, '완선제'는 유난히 많은 꽃으로 둘러싸여 있었다.

"벌써 완선제 때가 됐네. 어…? 가만 있어 봐. 우리 사무실 휴가가 다음 달 15일까진데… 너 축제 때도 집에만 있을 생각이었어?"

종화가 침묵으로 대답을 대신했다.

"사생활까지 간섭할 생각은 없는데, 남들 즐기는 날은 좀 동참하고 그래. 애초에 제2의 인생을 살려고 휴원시에 왔잖아."

종화는 건성으로 고개를 끄덕이고 말했다.

"여기서 내려줘."

"벌써? 뉴트리까지는 좀 남았잖아. 여긴 대중교통도 없는데."

"걷다가 들어갈 거야."

요수는 맘대로 하라는 듯 입을 비죽 내밀고 차를 세웠다.

"내가 필요하면 바로 전화해. 다음 주까진 경기 없거든."

종화는 요수의 차가 보이지 않을 정도로 멀어지자마자 곧장 뒤로 돌았다. 뉴트리 타워에 도착하려면 15분 이상 걸어야 했지만, 일찍 내린 데에는 이유가 있었다. 이명서가 보낸 메일 내용이 사실이라면 먼저 확인할 일이 있었다.

종화는 주변을 살폈다. 뉴트리 타워의 북쪽에는 지하철역인 상존역이 있었고, 상존역 건너편에는 나무육교가 있었다. 종화는 육교로 이동했다. 굵은 나무줄기 계단에 막 발을 올리려는데, 커다란 말라뮤트견 둘이 종화의 옆을 지나 빠르게 올라가더니 육교 반대편에 앉아 혀를 내밀었다. 곧이어 중년 여성이 숨을 몰아쉬면서 그들에게 다가갔다. 거의 다다르자 개들은 기다렸다는 듯 나무줄기 계단을 뛰어내려갔다. 여성은 잠시 쉬면서 호흡을 고르고 다시 쫓아갔다. 오후 4시면 운동을 하기에 나쁘지 않은 시각이었고, 인간 여성과 말라뮤트들은 그런 운동 방식에 익숙한 것처럼 보였다. 최소 3자 가족이라고 가정할 경우 그들의 에너지 등급은 아무리 낮게 잡아도 4 이상일 거라고 종화는 판단했다. 처음 민간 조사소를 열었을 때는 길에서 행인을 마주칠 때마다 주거자인지 동거자인지 추측하곤 했다. 직업적인 기술을 연마하기에 좋은 연습이라고 생각했기 때문이었다. 하지만 세월이 흐르고 숙달된 지금은, 평화로움을 관찰로 헤집는 것이야말로 쓸데없는 일이라고 생각하고 있었다. 일상이란 무리 없이 흘러가기만 한다면 그 자체로 좋았다.

서세로 길을 통로 삼아 바람이 강하게 불자 육교가 기분 좋게 흔들렸다. 종화는 완만한 포물선을 그리는 육교의 정점에 서서 뉴트리 타워 꼭대기를 바라보았다.

공간 일부를 억지로 뜯어낸 것처럼 가장자리가 날카로운 결정체가 하얗게 빛을 내다가 검게 변하기를 반복하고 있었다. 종화는 착시가 아님을 확신하려고 눈을 가늘게 뜨고 노려보았다. 결정체는 종화를 알아채기라도 한 것처럼 아무 징조도 없이 사라져버렸다. 종화는 시선을 조금씩 아래로 내렸다. 어둠의 결정체는 사라지고 나면 잠깐이지만 잔여물을 남겼다. 맑은 물에 떨어진 검정 잉크 방울이 확산하면서 옅어지기까지 시간이 걸리는 것처럼.

현실에 희석되어 묽긴 했지만 가느다란 어둠가닥이 성인의 팔뚝보다 굵은 건축용 덩굴줄기를 따라 흐르다가 10층쯤에서 증발하고 있었다. 종화는 아무 소용이 없다는 걸 알면서도 반사적으로 손을 들어 입을 가렸다. 잉크 방울이 눈에 보이지 않아도 컵 안에는 고스란히 남아 있듯, 어둠의 분진도 주변 공기와 건물과 사람들의 신체를 이루는 분자들 속으로 스며들었을 터였다.

경험에 비추어볼 때 종화가 추측할 수 있는 사실은 두 가지였다. 뉴트리 꼭대기에는 정말로 응축된 어둠이 있다는 것. 그리고 이번 어둠은, 중간층에서 요수를 처음 만났던 때와는 달리 제 목적을 이루었을 가능성이 크다는 것.

종화는 너무 늦게 왔다는 사실을 자각하면서 뉴트리 타워의 주름문을 향해 걸음을 재촉했다.

종화는 나무의 뿌리압을 동력으로 삼는 승강기를 타고 39층에 도달했다. 문이 열리자 등을 돌리고 이야기를 나누던 두 사람이 동시에 돌아보았다. 그중 한 사람은 경찰서를 오가며 얼굴과 이름 정도만 알아둔 강민아 형사였다. 강민아는 늘 똑같은 옷을 입고 근무했기 때문에 경찰 무리에서 가려내기가 쉬웠다. 오늘도 예외는 아니었다. 적어도 근무 중에는 예외 없이 인조가죽 점퍼와 청바지만 입는 것 같았다.

강민아가 안쪽에 있는 사무실로 동행을 들여보내고 종화에게 다가왔다.

"무슨 일로 오셨습니까?"

"의뢰자를 만나러 왔는데요."

"의뢰자요? 혹시… 탐정?"

"민간조사원입니다. 여기서 일하는 이명서 씨하고 약속을 잡았는데요."

강민아는 대놓고 얼굴을 찡그리고는 어조를 바꿨다.

"계약했어?"

"예."

종화가 거짓으로 답하자 체념과 당혹이 강민아의 얼굴을 반씩 나누어 물들였다.

"지랄 같네."

민간조사원은 계약을 체결한 의뢰인이 사건에 연루되었을 경우 담당 경찰에게 관련된 정보를 전부 요구할 권리가 있었다. 물론 그 권리는 조사에 한정될 뿐 공식 수사권은 어디까지나 경찰에게 있었다. 조사하는 과정에서 범인을 찾아내고 체포한다 해도 공은 모조리 경찰에게 돌아갔다. 그 점을 이용하고 싶어서 민간조사원을 반기는 경찰이 있지만 그 반대도 있었다. 금세 반말을 하는 거로 보아 강민아가 후자임은 분명했다.

"이름."

"서종화입니다."

"네임드북에 이름 있어?"

종화가 고개를 끄덕이자 강민아가 곧장 머릿속으로 네트워크에 접속하고 네임드북을 뒤졌다. 종화는 형사의 표정이 어떻게 변할지 잘 알고 있었다. 예상대로 강민아는 눈을 크게 떴다가, 조금 전보다 더 불쾌한 시선으로 종화를 노려보았다.

"유명인이네."

종화는 어깨를 으쓱했다.

"사람 살리는 탐정 아니신가."

"남들이 제멋대로 붙인 별명입니다."

"죽은 사람 뒤치다꺼리하는 경찰이랑 정반대잖아. 그래서 인기가 있는 거 아냐?"

강민아는 혼잣말을 하고 손가락을 까딱거려 종화를 불러들였다.

"그런데 어쩌나. 이번엔 우리랑 똑같아졌으니 명성에 금이 가겠어."

엄밀하게 따지면 종화의 별명은 아직 유효했다. 이명서는 종화를 만나지 못했으므로 정식의뢰인이 아니었다. 하지만 종화는 그처럼 시시한 사실을 굳이 밝히지 않았다.

종화는 형사를 뒤따르면서 재빨리 복도를 살펴보았다. 39층에 들어오거나 나갈 수 있는 수단은 둘이었다. 하나는 방금 종화가 이용한 승강기였다. 다른 하나는 동쪽 구석에 마련된 비상구였다. 경찰이 이미 조사한 듯 비상구 주름문이 열려 있었다. 종화는 문 너머를 흘끗 바라보고 아래로 기울어진 나무바닥을 확인했다. 계단이 아니라 미끄럼식이었지만 나무줄기를 엮은 바닥은 마찰력이 거의 없어 도구를 쓰지 않고는 올라올 수 없었다.

이명서의 사무실은 시원스럽게 넓었다. 좁은 복도를 제외하면 하나의 사무실이 한 층을 전부 차지하고 있었다. 건물 모형들과 대형 칠판, 그리고 피사체가 뭔지 금세 알아보기 힘든 사진이나 그림이 작업용 책상과 문 사이를 채우고 있었다. 종화는 평소 이명서가 지나다녔던 거로 보이는 빈 공간을 따라, 조심스러운 걸음으로 책상에 다가갔다. 강민아는 팔짱을 끼고 벽에 기댄 채 기다리고 있었다. 종화는 강민아의 시선을 따라 책상 아래를 바라보았다.

이목구비를 구분할 수 없을 만큼 손상된 시체가 바닥에 누워 있었다. 양쪽 손가락도 상태는 비슷했다. 팔, 다리, 몸통은 옷과 피부가 많이 변형되긴 했어도 기본적인 형태가 남아 있어 확인이 가능했다. 종화는 '손상'의 정체를 확인하려고 몸을 낮추고 자세히 들여다보았다. 죽음의 유형에 익숙하지 않은 사람이라면 전신이 불에 탔다고 생각할 수도 있었다. 하지만 피해자는 산화된 것이 아니었다. 흑회색 부식이 옷과 몸을 완전히 뒤덮고 있었다. 다만 사무실 바닥은 그런 변형의 영향을 조금도 받지 않았다.

그리고 무엇보다 괴이한 것은 시신이 사무실 바닥에 반쯤 박혀 있다는 점이었다.

종화는 시체에서 눈을 떼지 않고 천천히 일어섰다. 황산이나 염산 같은 것으로 표면에 질감을 부여한 인간의 부조를 깔끔하게 잘라서 따로 모셔놓은 것 같다는 생각이 들었다.

"신원은 확인했습니까?"

강민아가 께름칙함을 남에게 전가하듯 말했다.

"효명아."

효명이라고 불린 젊은 경찰이 쏜살같이 뛰어와 훈련된 것처럼 입을 열었다.

"시신을 발견하자마자 DNA 데이터를 추출해서 확인했습니다. 사망자는 건축설계사인 이명서 씨가 맞습니다."

종화는 의뢰가 시작되기도 전에 끝나버렸다는 사실에 한숨을 쉬었다. 사람을 죽음과 갈라놓지 못한 것은 물론이고 앞으로 며칠은 민간조사원을 싫어하는 경찰에게 시달려야 했다. 종화는 최대한 적대감을 줄이고 적어도 이번 건에서는, 경찰과 입장만 같은 게 아니라 한편이라는 느낌을 주기 위해 세부적인 것까지 물었다.

"의료기록과 네임드북 양쪽을 전부 비교했나요?"

"경찰 데이터베이스는 그것들 외에 휴원시 이주 당시에 등록된 기록까지…."

"그런 것까지 설명 안 해도 돼."

강민아가 종화의 간단한 심리전을 차단하듯 부하의 말허리를 잘랐다. 효명이 겸연쩍어 머리를 긁었다.

"사인은 확인됐습니까?"

강민아가 죽은 이명서를 내려다보고 말했다.

"됐겠어? 그쪽 같으면 사람을 저렇게 만들 수 있겠냐고."

"아뇨. 못 합니다. 하지만 저는 나무를 설계해서 이런 고층 건물도 못 만들죠. 제 입장에서는 이 시신이나 뉴트리나 마찬가집니다."

그걸 알아내는 건 당신네 경찰이 할 일 아닌가. 강민아는 종화의 말속에 숨은 뜻을 알아채고 얼굴을 구겼다.

"아직 본격적인 수사는 시작도 안 했으니까 곧 밝혀지겠지. 아니면 범인을 잡아서 직접 물어봐도 되고. 그게 더 빠르지 않을까."

강민아는 턱짓으로 따라오라고 신호한 뒤 큰 걸음으로 사무실을 나섰다. 종화는 순순히 뒤를 따랐다.

강민아가 비상구 근처 대형 창문 앞에서 멈추더니 다시 팔짱을 끼고 생각에 잠겼다. 종화는 먼저 꺼낼 얘기가 없고 눈길을 둘 곳도 마땅치 않아 창밖을 보았다. 80층에 한참 못 미치는 높이임에도 수천 만이 살고 있는 대도시의 상당 부분이 발 아래 있었다. 멀리 동가로 끄트머리에는 주변 건물을 우격다짐으로 밀어낸 것처럼 당당해 보이는 중앙경기장이 있었고, 반대편에는 조개를 가공한 자개를 목단벽에 촘촘히 박은 것으로 유명한 검은색 서문예배당과 괴조가 보였다. 집보다 뉴트리 타워와 예배당이 훨씬 가까웠기 때문에 확신할 순 없었지만 검은 새가 더 자라난 것 같은 느낌이 들었다.

똑같은 유리창 너머, 똑같은 도시였지만 지금 종화는 잠에서 깨던 때와 달리 도시의 일부를 설계한 사람과 같은 풍경을 보고 있었다.

"이명서가 뭘 의뢰했지?"

예상하던 질문이었기 때문에 종화는 10년이 넘도록 외우고 있는 말을 반사적으로 내뱉었다.

"민간조사원은 의뢰인의 비밀을 철저히 지켜야 하고….."

"개소리하지 말고. 아직 계약 안 했잖아."

넘겨짚은 게 분명했지만 정확했다. 종화는 명민한 사람을 좋아했다. 적이든 아군이든 총명한 사람은 수사에 도움이 되었다.

"거래하자는 겁니까?"

강민아가 고개를 돌리더니 책상 부근에서 무언가를 조사하고 있는 동료를 흘끗 쳐다보았다.

"저 녀석도 실력이 나쁘지는 않아. 장비 다루고 문서 작업하는 실력이 전부라서 문제지. 탐정이라면 신물이 나고 특히 그쪽 같은 유명 탐정은 질색이지만… 그래도 그쪽이 돈값은 한다고 들었어. 경찰 쪽 정보는 내가 알려줄 테니까, 그쪽도 똑같이 해주면 돼."

"형사님 말씀대로 고 이명서 씨와 민간조사 계약을 아직 안 맺었다고 치죠. 그 상태에서 의뢰인이 죽었다고 치고요. 그러면 애초에 의뢰비를 받는 게 불가능한 상황입니다. 내가 움직일 이유가 없어요. 거래 자체가 성립이 안 된다는 얘깁니다."

강민아가 한숨을 쉬고 종화를 노려보았다.

"그럼 거짓말은 왜 했는데?"

종화가 어깨를 으쓱했다.

"현장에서 귀찮게 엮이기 싫어서 그랬는지도 모르죠."

강민아는 발끝을 내려다보다가 작은 소리로 욕을 내뱉고 종화에게 등을 돌렸다.

"의뢰비가 얼마나 돼?"

억지로 목구멍을 열고 성대를 쥐어짜는 것 같은 목소리였다. 종화는 뜻밖의 질문에 잠시 생각해보고 답했다.

"일반적인 시세는 하루에 20만 원씩이고, 일주일 뒤에 1차로 보고를 합니다. 1차 보고가 의뢰인의 마음에 안 들면 그걸로 끝. 추가 조사를 요구하면 그다음부터는 하루에 30만 원으로 올라갑니다. 조사하는 과정에서 폭력행위가 발생하거나, 위험도가 올라가거나, 사안이 보기보다 중대할 경우 다시 합의합니다. 이건 어디까지나 일반적인 경우이고, 고 이명서 씨의 경우에는 사회적 지위를 고려해서 아마 더…"

종화는 일부러 애매하게 끝을 맺었다.

"일반으로 해. 경찰 월급이 얼마나 된다고."

강민아가 종화의 말을 끊었다.

"형사님이 직접 의뢰를 하시겠다는 겁니까?"

"안 그러면 꼼짝도 안 할 거잖아!"

의도적으로 고함을 친 건 아니라 민망했는지 강민아가 헛기침했다.

"오늘이… 수요일이니까 다음 주 수요일까지 이명서가 왜 저렇게 됐는지 조사해. 경찰 힘이 필요하면 그 전이라도 연락하고."

"경찰에 인센티브 수당이라도 생겼습니까? 그게 아니면 시장 사리라도 노리시나요?"

강민아는 종화의 말뜻을 알아채고 얼굴을 붉혔다.

"무슨 말 같지 않은 소리를…. 탐정들은 어차피 돈만 받으면 일을 하잖아. 이번에도 그런 거로 해."

그런 거로 하자는 건 그렇지 않다는 얘기였다. 종화는 새 의뢰인이 스스로 동기를 털어놓지 않을까 싶어서 잠시 기다려보았다. 굳게 닫힌 입술은 열릴 낌새가 보이지 않았다.

"그런 거로 하죠."

"계약서는 안 쓸 거야."

"조사비만 제대로 지급되면 구두 계약도 상관없습니다. 조사 시간은 지금부터 시작인데, 괜찮으십니까?"

강민아가 곧바로 고개를 끄덕였다.

"바라던 바야. 자, 이제 말해봐. 이명서가 뭐라고 했어?"

종화는 오른손 검지로 턱 밑을 문질렀다. 눈 앞에 반투명 화면을 띄우는 개인 동작이었다. 시각 인터페이스를 호출하는 방법은 사람마다 달랐다. 강민아가 손가락으로 코 밑을 쓰다듬자 종화의 눈에 파일을 전송하는 인터페이스가 출현했다. 종화는 가장 최근에 받은 파일을 강민아에게 던졌다.

"무슨 파일이야?"

"우리 직원과 고 이명서 씨가 통화한 내용입니다. 필요한 부분만 남겨놨습니다."

종화는 강민아와 생각의 흐름을 맞추기 위해 한 번 더 녹음을 들었다.

'그럼 이렇게 전해주세요. 난 암결의 다음 피해자가 될 겁니다. 범인을 찾아주세요. 네, 탐정님이 정말 소문대로 실력이 있다면 그걸로 충분할 겁니다.'

강민아가 같은 손동작을 반복했다. 반복해서 들어

보는 게 분명했다. 종화는 그의 표정이 점점 어두워지는 것을 놓치지 않았다.

강민아가 입을 우물거렸고 종화는 그의 입술을 읽었다.

"개 같은 암결 타령은…."

조금 더 찔러볼까? 아니면 이쯤에서 물러날까? 종화는 망설였다. 처음부터 모든 것을 털어놓는 의뢰인은 없었다. 실력이 좋은 민간조사원은 때와 상황을 잘 이용해서 의뢰인의 속마음을 완전히 열어야 했다. 그러면 의뢰의 절반이 단숨에 해결되게 마련이었다. 하지만 기회를 잘못 가늠하면 다 그르칠 수도 있었다. 고민하던 종화의 눈에 핏기가 사라질 정도로 힘이 들어간 강민아의 주먹이 들어왔다. 종화는 아직 때가 아니라고 생각하고, 강민아에게 전화번호를 받은 뒤 현장을 벗어났다.

3

"그 사람은 늘 걱정하면서 살았어요."

이명서와 함께 사는 사람은 한 명이었다. 이름은 추연이었다. 종화는 추연과 약속을 잡고 이명서가 사망한 이틀 뒤, 즉 강민아에게 의뢰를 받고 48시간이 지나 집으로 찾아갔다. 추연은 침묵을 무게추 삼아 억지로 슬픔을 눌러놓는 사람이 아니었다. 종화에게는 다행이었다. 추연은 마실 것을 내주겠다면서 열 가지가 넘는 차의 이름을 읊었다. 종화가 홍차를 부탁하자 다시 우유와 꿀과 설탕과 브랜디 중에서 고르라고 말했다. 종화는 일부러 브랜디를 선택했다.

사별한 유족에게 무례하게 굴면 단시간에 많은 걸 알게 되는 법이었다. 추연은 싫은 표정을 하지 않고 거실과 맞붙은 주방에 가더니 찻장과 술장 사이를 오갔다. 슬픔이 몰려오는 것을 완전히 막진 못했는지 잠깐 몸을 돌리고 창밖을 우두커니 바라보기도 했지만, 추연은 기어이 다기를 다 챙겨서 홍차를 내주었다.

"최근 들어서 가장 큰 걱정거리가 뭐였습니까?"

추연은 잠시 말을 고르다가 되물었다.

"경찰도 똑같은 걸 물었어요. 전달 못 받았나요?"

"똑같이 말씀해주셔도 됩니다만, 보통 말을 하고 나면 나중에 떠오르는 것도 있는 법이죠. 그것까지 알려주시면 더 좋고요. 저는 고인께 의뢰를 받았으니까 더 사적인 얘기도 괜찮습니다."

종화는 강민아와 입을 맞춘 대로 의뢰인이 이명서인 것처럼 얘기했다. 그리고 의자에 등을 기댄 다음 어깨에 힘을 뺐다. 평상시처럼 철저하게 관찰하기 위해서였다. 아직은 추연이 이명서 사망에 연루되었는지 알 수 없었지만, 시선이 변하거나 근육이 떨리는 시점으로부터 실마리를 얻을 수도 있었다.

추연이 나뭇사람 스킨을 선택했다는 점이 어려움을 더했다. 종화는 거리에서, 도시 이곳저곳에 있는 식당이나 술집에서, 또는 의뢰 때문에 다양한 사람을 만났다. 그중에는 나뭇사람도 없지는 않았다. 나뭇사람이 범인이었던 사건도 있었다. 종화 자신도 옛사람과 크게 다른 외모였기 때문에 이렇다 할 편견은 없었다. 하지만 추연은 종화가 만나본 나뭇사람 가운데 가장 정교하고 옛 인간의 형태에 가까웠다.

"그이는… 나를 처음 만난 날부터 세상을 걱정했어요. 요즘에는 눈에 띄게 말수가 줄어들었는데, 새로운 문제가 생겼는지는 모르겠어요."

"세상을 걱정한다는 게 무슨 뜻입니까?"

"말 그대로예요."

"더 범위를 좁히지 않으면 이해가 안 됩니다. 만성 우울증 환자도 세상을 걱정하고 종말론자도 마찬가지니까요. 정확히 세상의 무엇을 걱정했는지는 아십니까?"

"이 세상의 기원요."

종화는 얘기를 따라잡으려고 차를 한 모금 마시고 물었다.

"혹시 남모르는 신념이 있었습니까?"

종화가 에둘러 묻자 추연이 유연한 표피조직으로 덮인 손을 내저었다.

"말도 안 돼요. 종교인은 스캔에서 걸러지지 않나요. 철저한 무신론자였어요. 빅뱅도 틀렸다고 입버릇처럼 말하긴 했지만…."

종화는 반사적으로 손목에 찬 시계를 들여다보았다. 17년 8월 3일 오후 3시 14분이었다.

"그럼 17년 전 이야기입니까?"

"아마 그랬을 거예요. 저라고 그 사람을 전부 이해한 건 아니지만요."

종화가 찻잔 테두리를 두드리는 동안 추연은 그의 동작을 물끄러미 바라보고 있었다. 추연은 함께 사는 사람을 잃고 슬퍼하는 게 역력했지만 질문과 답을 주고받을 때는 미리 그어놓은 경계선에서 정확히 멈추는 것 같았다. 종화는 직업을 핑계 삼아 큰 무례를 범하기로 마음먹었다.

"실례되는 질문입니다만 조사 때문에 어쩔 수 없다고 생각해주십시오. 동거자이십니까?"

추연은 아무 거리낌 없이 대답했다.

"맞아요. 눈썰미가 좋으시군요."

"직업적인 소양이라고 생각해주십시오. 태어날 때 이명서 씨가 특별히 주문⋯ 부탁한 건 없었습니까?"

추연의 입 근처를 덮은 표피조직의 무늬 밑으로, 곧장 식별하기 어렵게 미소가 스며들었다가 사라졌다.

"그건 왜 물으시죠?"

"17년 전 일에 대해서 잘 아십니까?"

동거자 중에는 주거자에게 얘기를 들어서 아는 사람도 있었다. 추연은 대답하지 않았다. 긍정인지 부정인지 알 수 없었기 때문에 종화는 설명하기 시작했다.

"지금 휴원시에 사는 주거자들은 한날한시에 이주했습니다. 간단한 일이 아니었죠, 그건. 사람이 살면서 그런 일을 두 번 겪진 못할 겁니다. 할 일이 한두 가지가 아니었습니다. 그럴 땐 제일 중요한 문제부터 하나씩 처리하는 방법밖에 없잖습니까? 우리는 입주하기 전에 문서를 두 종류 작성하는 거로 시작했습니다. 하나는 옛 인생을 포기하겠다는 퇴거 인정서. 또 하나는 새 삶을 보장하는 입주계약서죠. 나도 썼고 돌아가신 이명서 씨도 썼을 겁니다. 안 그러면 휴원시에 올 수가 없으니까요."

종화는 슬금슬금 피어오르는 당시의 기억을 수면 밑으로 되돌리기 위해 차를 마셨다.

"입주계약서는 아주 길고 복잡한데다가 세 권으로 나뉘어 있었습니다. 1권은 기본권 계약서, 2권이 가족계약서였습니다. 2권에서 가장 중요한 건 '주거자와 동거자' 항목이었습니다. 휴원시로 이주하는 주거자는 자신과 동거자를 포함해서 총 3인 가족에 해당하는 에너지를 할당받을 수 있었고요. 이명서 씨가 휴원시의 기원에 대해서 걱정했다면, 처음부터 그랬다면, 틀림없이 동거자 사양에 반영됐을…."

"다른 동거자 앞에서는 그런 표현을 안 쓰시는 게 좋겠어요."

옳은 말이었기 때문에 종화는 고개를 숙였다.

"미안합니다. 기술 용어는 최대한 덜 쓰겠습니다. '우리가 원한 세상, 우리가 원한 사람'이라는 표어는 아시죠. 휴원시의 그 어떤 것도 그 표어에서 벗어날 수는 없습니다. 따라서 이명서 씨도 본성 스캔… 그러니까 무의식적인 희망사항 조사를 받았을 겁니다. 함께 입주한 동거자에게도 반영이 됐겠죠. 그건 의무 사항이었어요. 아무 인간관계도 없는 사람들로 새 세계를 만들 순 없으니까요. 그러니까 다시 묻겠습니다. 이명서 씨가 이 세계의 기원에 대해 구체적으로 뭘 그렇게 걱정했습니까? 당신이 그걸 모를 수는 없습니다. 반영돼서 태어났을 테니까요."

"탐정들은 전부 그런 것까지 고려하나요?"

이번에는 추연이 종화를 조사하듯 물었다.

"다른 민간조사원이 어떻게 일을 하는지는 모릅니다. 전문분야도 다 다르고요. 나는 이런 수사가 옳다고 생각할 뿐입니다."

"이런 수사라는 게 뭔가요?"

"휴원시는 우리가 만든 세계이기 때문에 자체적인 원리와 논리가 있습니다. 어떤 사건이든 거기에 맞춰 일어납니다. 세계의 구조를 알아야 제대로 수사할 수 있고요."

추연의 눈가에 그리움이라고 표현할 만한 감정이 맺혔다.

"그러면 고객도 탐정의 전문분야에 맞춰서 찾아가겠죠?"

"실적이 있고 시간이 흐르면요."

사람이 새로 태어나고 죽기까지 17년은 짧지만 직업인과 소비자에게 17년은 충분했다.

 "탐정님 수사방식은 존중해요. 하지만 완벽할 순 없죠. 적어도 이번에는 틀렸어요."

 종화는 표정을 바꾸지 않았다. 그가 알고 있는 입주법에 따르면 틀릴 리가 없었지만, 동거자가 고집을 피우는 경우 속을 터놓게 만드는 방법에는 여러 가지가 있었다.

 "전 그 사람하고 같이 태어나지 않았어요. 그 사람이 나중에 저를 만들었죠."

 종화는 휴원시 입주계약서와 행정법령과 휴원시 백서의 내용을 재빨리 상기해보았다.

 "이명서 씨가 위법 행위를 했다고 말씀하시는 건가요? 법에 따르면 동거자는 입주 시에만 태어날 수 있습니다. 인구는 휴원시에서 가장 엄격하게 관리하는 부문인데요. 조금 전에 분명히 동거자라고 말씀하셨고요."

 추연은 여전히 뜻 모를 미소를 거두지 않았다. 직접 알아내보라는 건가? 종화는 패배를 인정하기 싫었지만 느낌이 좋지 않았다. 때로는 두 걸음 앞서기 위해 한 걸음 물러설 필요가 있었다.

"잠깐 실례하겠습니다."

종화는 일어서서 통화 내용이 들리지 않도록 거실 구석으로 움직였다. '동거자'라는 단어는 유사자아를 갖춘 인공지능 시민을 가리켰다. 동거자는 주거자가 휴원시에 입주하면서 신청할 때만 탄생할 수 있었다. 도중에 태어나는 것은 어떤 경우에도 불가능했다.

종화는 강민아가 알려준 개인 번호로 전화를 걸었다. 강민아는 첫 신호음이 끝나기도 전에 응답했다.

"빨리 받으시는군요."

"슬슬 전화 올 때가 됐다고 생각했거든."

"이명서 동거자 얘깁니까?"

종화는 전화 너머에서 강민아가 웃고 있다는 느낌을 받았다.

"얘기는 잘 돼가나?"

"저 사람 정체가 뭡니까."

"뭐긴 뭐야. 동거자 맞아."

"이명서가 직접 제작했답니다. 아무리 이명서의 에너지 등급이 1이라고 하지만, 시민 등급에 따라서 동거자 규정에 예외가 있다는 얘기는 못 들었는데요."

"굳이 얘기하자면… 절반만 그렇다고 할까."

종화가 보기에 추연은 분명히 인공지능으로 태어났다. 그 점만은 따로 확인할 필요도 없었다. 하지만 완전한 동거자가 아니라면…. 이명서라는 건축가를 대표하는 건물은 뉴트리였다. 추연은 나뭇사람이었다. 종화는 강민아가 우선 이명서의 집부터 조사하라고 지시한 이유를 알 것 같았다.

"추연이라는 사람은 법적으로 어떻게 등록돼 있습니까?"

종화는 통화를 끝내고 추연의 맞은편으로 돌아가 앉았다. 추연은 똑같은 자리에, 마치 정물처럼 머물러 있었다.

"경찰들이 와서 제대로 캐묻지도 못했나 보군요."

"통화하셨나요."

"예. 그 사람들도 어떻게 해야 할지 몰랐다고 하더군요. 전례가 없었기 때문에 아직도 심문 영장 초안을 고민하고 있답니다. 동거자 인권과 관련된 문제라서."

"그럴지도 모른다고 생각은 했어요."

"자발적으로 응했다면 시간을 많이 아꼈을 겁니다."

추연이 고개를 외로 꼬았다.

"더 많이 낭비했을지도 몰라요."

"선입견은 좋지 않습니다. 고 이명서 씨를 해친 범인을 찾으려면 경찰에게 협력하는 게 제일 빠를 겁니다."

"영리함이나 어리석음에 관한 얘기가 아니에요. 이해력과 의지의 문제죠."

"이해력?"

추연은 눈을 내리깔고 그곳에 존재하지 않는 무언가를 바라보았다.

"난 경찰의 심문을 일부러 거부하는 게 아니에요. 경찰이 나와 대화하는 법을 모르는 거죠. 그런데 탐정님과 얘기하고 있으니 데자뷔를 보는 것 같네요. 그 사람과 내가 나눴던 대화랑 흡사하거든요. 그 사람이 말한 적이 있어요. '경찰은 할 수 없어. 제대로 된 경찰이라면 절대로 이해 못 해. 탐정이 있어야 해.' 그래서 탐정이기만 하면 되는 거냐고 물었어요. 그랬더니 탐정 중에 딱 한 사람만 가능할 거라고 했어요. 그게 누군지는 얘기할 필요가 없겠죠."

민간조사원은 옛 의사와 비슷했다. 적어도 종화

는 그렇게 생각했다. 사건을 해결하기 위해서 가장 중요한 것은 사격술도 아니고 경찰 인맥도 아니고 입심도 아니었다. 원인과 결과, 질문과 대답을 제대로 변별하고 끌어내는 힘이었다. 단서와 근거를 전부 모을 수 있다는 전제하에서.

"그 이유까지는 얘기하지 않았고요?"

종화가 묻자 추연이 천천히 일어섰다. 종화는 나뭇사람의 움직임에서 갑자기 드러난 우아함에 압도되어 잠시 입을 다물었다. 추연의 하체조직에 새겨져 있던 갈라짐이 매끄럽게 합쳐지고, 바닥과, 그리고 조금 전까지 앉아 있던 의사와 닮아갔다. 의태와는 달랐다. 추연의 존재 자체가 집에 있는 모든 사물과 부드럽게 융화되기 시작했다. 종화는 옛 세상에서 퇴거하기 전에도, 휴원시에 입주한 뒤로도, 그런 광경을 본 적이 없었다.

강민아가 확인해준 바에 따르면 추연은 동거자이지만, 이명서가 설계하고 제작한 집으로 등록되어 있었다. 인공지능임에도 불구하고 다른 인공지능과 달리 휴원시 시민으로 인정받지 못하는 예외적인 존재였다.

"그 사람은 설계가 인생이었어요. 일을 할 때는 물론이고 세상을 볼 때도 마찬가지였어요. 세계 안에 숨어 있는 구조를 파악하고, 자신의 지식으로 삼을 수 있는 걸 최대한 배우려고 모든 걸 희생했어요. 원리를 전부 이해하면 어떤 문제든지 해결할 수 있는 세상에서 살고 싶었다더군요. 반려도 마찬가지였어요. 그 사람은 설계할 수 있는 것만 사랑할 수 있었기 때문에 본성 스캔으로 동거자를 생성하지 않고 나를 만들었어요."

추연이 집과 하나되고 목소리가 사방에서 들려왔기 때문에 종화는 어디를 쳐다봐야 할지 알 수 없었다. 하지만 아무리 당황스러운 상황이라고 해도 일은 해야 했다.

"그런 이명서 씨가 세상의 기원을 걱정했다고 했죠. 그러면 휴원시에 모순이 있고 그걸 걱정했다는 겁니까? 건축설계사 관점에서?"

종화는 이명서의 마지막 전언을 떠올렸다. 그는 분명히 '암결의 다음 희생자'라고 말했다.

거실 탁자 위에 있던 꽃봉오리 모양의 조명이 아주 천천히 밝아졌다.

"나한테 직접 얘기한 적은 없지만 논리적으로 보면 그렇죠. 이제 이해가 되나요?"

종화는 추연이 자신과 처음 만난 뒤 지금까지 보였던 행동을 납득했다. 추연은 자신의 능력 범위 안에서 협조하기 위해 최선을 다하고 있었다. 종화의 두뇌가 따라오는 속도를 계산하고 있었던 것이다.

"이명서 씨가 부탁했군요."

"만약에 자신이 사라지거든 탐정에게 전하라고 했어요. 제대로 된 경찰은 피해자를 이해해야 사건을 해결할 수 있단 사실을 받아들이지 못한다고."

"그 말에는 공감할 수 없군요. 경찰은 이해를 못 하는 게 아니라 안 하는 겁니다. 애당초 인간이 타인을 제대로 이해할 수 있는지 의문이지만요. 섣불리 이해하려고 들었다가는 다른 걸 놓치거든요. 반면에…."

종화는 제 직업을 한마디로 정의하기 어려워 잠시 머뭇거렸다.

"탐정은 범인을 찾아서 심판대에 올리지 않아도 됩니다. 의뢰만 해결하면 그만이죠. 이해라는 말을 꺼내신 김에 묻겠습니다. 이명서 씨가 설계 주제로 식물에 집착한 이유가 있습니까?"

보이지 않는 추연이 웃고 있었다. 종화는 실내 곳곳에서 미소를 느꼈다.

"탐정은 그걸 물어볼 테고 경찰은 그럴 생각도 못 할 거라고 했어요."

추연은 종화의 등 뒤쪽에 있던 현관 중문에서 천천히 솟아 나와 나뭇사람의 모습을 완전히 되찾았다.

"살아 있는 것 중에 식물이 가장 느리고 확실하고 지속되기 때문이에요. 그래서 세상은 광물이나 동물이 아니라 식물을 기반으로 설계해야 한다고 말했어요."

추연은 천천히 자리에 앉더니 제 몫으로 차려 온 물을 마셨다.

종화는 마음속으로 지금까지 알아낸 것을 정리해 보았다. 휴원시의 랜드마크를 거의 다 만든 의뢰인은 속도와 신속한 결과물을 신뢰하지 않았다. 그는 완전한 합리성을 추구했다. 이상을 구현하기 위해서 휴원시로 입주했고 재능을 발휘했다. 그는 식물을 선택하고 휴원시 완성에 크게 기여했다. 그러다가 기대와 다른 무언가를 발견했다. 심지어 생명의 위협까지 느꼈다.

종화는 두 가지 의문을 해소하고 더 많은 질문을 얻었다.

어떻게 알았을까?

'암결'을 어떻게 예감했을까?

이명서는 내가 다른 탐정과 다르다는 사실을 알았을까? 경계가 짐승의 이빨처럼 날카롭고 완벽하게 빛을 흡수하는 어둠의 결정체를 볼 수 있다는 걸? 그게 바로 '사람 살리는 탐정'이란 별명이 붙은 이유라는 걸?

종화는 사람에게 따라붙는 이둠과 예배낭의 검정새를 처음 보기 시작한 날부터 지금까지 그 사실을 누구에게도 말한 적이 없었다.

종화는 휴원시 시민이라면 최대한 넘지 말아야 할 선을 한 번 더 넘기로 했다. 동거자를 주거자와 차별하면 안 된다는 금기도 어긴 마당에 끝까지 밀어붙여 봐야 한다는 생각이 들었다.

"고인께서 푸른 절벽 너머에 있을 때 어떤 사람이었는지 알고 계십니까?"

4

 설계자인 이명서를 내면에 품고 함께 살았던 집은, 다시 말해 추연은, 아예 푸른 절벽이 무엇인지 몰랐다.

 "이 도시 사람들이 탐정을 좋아하는 게 아니라 경찰을 못 믿는 거다, 그 얘기가 하고 싶었나?"

 종화가 추연에게서 알아낸 사실을 전화로 보고하자 강민아가 던진 첫 마디였다.

 종화는 정보가 아닌 경찰의 말을 대개 한 귀로 듣고 흘렸다. 하지만 현재 강민아는 단순한 경찰이 아니라 의뢰인이었다.

"화는 나중에 얼마든지 내셔도 됩니다. 다만 지금은 정보가 필요합니다."

종화가 탄 생체차는 동세로 1길의 끄트머리를 막 통과한 참이었다. 마지막 충전소를 지난 뒤로 30분이 넘었지만 각오하고 온 터라 에너지는 충분히 남아 있었다. 동세로는 휴원시가 처음 건조될 때부터 존재했기 때문에 초기 설계의 장단점을 고스란히 반영하고 있었다. 건축 테마가 자연림이었으므로 노변으로부터 일정 거리 이상 떨어진 곳에는 밀림 속 거목을 연상케 하는 건물들이 줄지어 서 있었다. 다만 '구시가'라는 이름이 붙을 만큼 기존 인구가 빠져나갔기 때문에 주택이나 점포 대부분이 공실이었다. 지역 전체를 재건축하자는 논의가 시작됐다고 들은 것만 해도 3년 전 일이었는데 건축물들은 아직도 그 자리를 꿋꿋하게 지키고 있었다. 불이 꺼져 새까맣게 배 속을 공개한 창문들이 가로등에서 퍼져나오는 빛을 야금야금 집어삼키는 바람에 건물이 뒤쪽으로 계속 부푸는 것 같은 착각이 일어났다.

"알고 싶은 게 뭐야?"

전화 건너편에 있는 강민아가 퉁명스럽게 물었다.

"사인은 나왔습니까?"

강민아가 잠깐 입을 다물고 있는 동안 전화로 다른 사람들의 목소리가 스쳐 지나갔다. 듣는 이가 없는 곳으로 이동하는 모양이었다.

"의학지식은 좀 있나?"

"이 세계 것은 압니다. 절벽 너머는 모르고요."

생체차가 뒤쪽에서 다가오는 다른 차량의 존재를 느끼고 갓길 쪽으로 알아서 이동했다. 운전자가 통화 중임을 감안해서 추월을 허용할 모양이었다.

동세로와 어울리지 않게 광물과 고무로 제작된 오토바이가 빠르게 앞지르더니 전방 어둠 속으로 사라졌다.

"우선 생명 활동은 확실히 정지했어. 생명정보 저장고와 보조 서버에 사망 태그가 붙었고 분산네트워크에도 반영이 됐어. 네임드북에도 사망자로 바뀌었으니 그건 확실해."

이명서가 그처럼 괴이한 모습에도 불구하고 살아남았다면 의뢰 해결은 지금보다 훨씬 편했을 것이다. 대신 종화가 감당할 수 없는 엄청난 일이 뒤를 따를 수밖에 없었다. 세계의 물리법칙에 문제가 있다는 뜻이었기 때문이다. 다행히 이명서는 죽었다. 둘로 나뉜 시체를 한쪽만 바닥에 남기고서.

"공식적인 사인은 과다한 장기 손실이야."

"손상이 아니라 손실이라고요."

"주거자의 몸을 구성하는 장기 모듈과 피부 텍스쳐 중 절반이 말 그대로 사라졌어."

종화가 이명서의 발견 당시 모습을 염두에 두고 물었다.

"그냥 보이는 그대로라는 뜻 아닙니까."

"그래. 그럼 어떻게 그렇게 만들었냐는 의문이 생기지. 검게 변한 피부야 스킨 해킹으로 그랬다고 치자고. 신체의 앞과 뒤를 정확히 둘로 잘라버릴 방법은 존재할까? 뭐, 이 세상엔 분산네트워크의 허점으로 괴상한 흉기를 제작하는 놈들이 있으니 또 모를 일이지. 그걸 파헤치는 게 내 일이고. 그런데 경찰청 전문가 쪽에서 내가 쓴 1차 보고서를 보고는 골칫거리를 하나 더 안겨줬어. 데스넘버에 문제가 있다고. 그게 뭔지는 아나?"

"생명정보는 아주 중요하기 때문에 분산네트워크를 경유하지 않고 가장 빨리 전달됩니다. 그 속도는 휴원시의 피어투피어 전송속도와 똑같고요. 휴원시에서는 사람이 죽고 사망 태그가 붙기까지 2초가 걸립니다."

"정확히 말하면 편도 2초야. 사람이 죽으면 생명정보 저장고에 그 사실이 도달하고 사망 태그가 붙기까지 2초. 태그가 붙고 그 사람이 시체로 인정받기까지 2초. 합쳐서 4초지. 죽은 사람과 주변 사물의 상호작용은 이 4초 사이 어디선가 시작돼."

휴원시에는 곳곳에 분산네트워크 서버가 존재했다. 정보가 역방향으로 피드백되어 삶에 논리적인 모순이 발생하는 사태를 예방하는 안전장치였다. 컵에 들어 있던 물이 쏟아지거나 차들이 충돌하거나 아이가 넘어지거나 누군가가 눈물을 흘리는 등 모든 사건은 분산네트워크로 전파된다. 다수결에 의해 그 사실이 확정되기까지는 필수적으로 '지연'이 발생한다. 사람의 의식에도 같은 지연이 반영되어 있기 때문에 문제는 발생하지 않는다. 다만 다수결로 인정받지 못하는 국지적 지연이 발생하는 경우가 있는데, 그 현상을 목격하거나 경험한 사람들은 무조건 '착각'이라고 여기도록 설정되어 있었다. 일상생

활에서 흔히 마주치는 착각들, 예를 들어 펜을 책상 위에 놓은 줄 알았는데 아직 서랍에 들어 있다든지, 귀가하면서 치즈를 사야 한다고 메모한 줄 알았는데 아무것도 적혀 있지 않은 상황은 대부분 이런 '착각'이었다. 그리고 착각이란 세계를 관통하는 설정인 동시에 합의였다.

단 하나의 예외가 있으니 사람의 생사 여부였다. 생사 플래그는 안전장치를 거치지 않고 곧장 저장소로 전송된다. 따라서 '죽음과 탄생은 세계에 선행한다.' 휴원시 상세 백서를 정독하면 누구나 알 수 있는 정보지만 당연하게도 사람들은 최대한 그 사실을 외면하고자 노력했다. 그래야 자신이 푸른 절벽 너머에서 퇴거했다는 점을 잊고 살 수 있었다. 일반인이 백서의 '사망과 탄생' 항목을 조회하려면 시립도서관에 별도로 신청부터 해야 했다.

반대로 사람의 죽음을 자주 접하는 직업군은 교육과정에서 그 사실부터 배웠다. 의료인과 경찰은 그 2초를 데스넘버라고 불렀다.

"그런데 이명서는 데스넘버가 0이란 거야."

종화는 과학자가 아니고 설계사도 아니지만 그게

무슨 뜻인지는 알았다.

"즉사했단 말입니까? 뉴트리 타워 쪽 세계 시계에 오류가 있었던 건 아니고요?"

"점검해봤어. 정상이야."

종화는 무슨 말을 이어가야 할지 몰라 차창 밖으로 시선을 옮겼다. 차는 동세로 거리를 벗어나서 백야로에 진입하고 있었다. 백야로는 이름 그대로 흰색 벌판이었다. 거주 구역은 없었다. 아주 특별한 경우가 아니면 방문하는 사람도 없었다. 사람들이 휴원시 백서를 외면하는 것과 같은 이유였다. 따라서 편의 시설이나 외형에 신경을 쓴 건물 자체가 세워진 적이 없었다. 백야로는 숲건물이 지배하고 있는 동세로 길과 딱 붙어 있었고, 경계를 넘을 때면 극적인 풍경 변화를 맛볼 수 있었다. 종화가 인지하기도 전에, 검은 선과 백색만 존재하는 공간이 삶을 이루고 있던 현실을 사방에서 밀어내고 종화와 생체차를 순식간에 포위했다.

종화는 삶에 있어 반드시 필요한 감각 한 가지가 증발하는 느낌에 저도 모르게 손목시계를 확인했다. 밤 9시 40분이었다. 백야로도 세계의 일부이므로 시계는 정상적으로 작동하고 있었다. 하지만 시간에 따른 환경 차이를 구현할 필요가 없는 공간이기 때문에 태양이나 달이나 별은 없었다. 하늘과 땅은 흰 공백으로 가득했고 그 안에 남은 것이라고는 공간 차원의 뼈에 해당하는 선분뿐이었다. 집의 발코니 너머로 멀리서 바라볼 때는 감상적인 대상에 불과했지만, 실제로 들어설 경우 정신을 바짝 차리지 않으면 여러모로 실수하기 쉬운 동네였다.

"형사님은 그 얘기를 듣고 무슨 생각을 하셨습니까?"

"탐정한테 떠넘기길 잘했단 생각?"

종화는 지금이 좋은 기회라고 생각하고 강민아의 의중을 더 떠보기로 했다.

"무슨 말인지 모르겠는데요."

전화 너머에서 잠시 아무 소리도 들리지 않았다. 종화는 침착하게 기다렸다.

강민아가 한숨을 길게 쉬고 말을 이었다.

"이명서와 비슷한 시체를 본 적이 있어. 그때도 사망은 확정됐는데 설명하기 어려운 점이 한두 가지가 아니었어. 시스템에 문제가 있는 것 같다고 보고했더니 윗선에서 깔끔하게 무시했어. 그러니 범인도 못 잡고 미제사건으로 남았지. 무슨 뜻인지 알지?"

"해결 못 하겠단 뜻이죠."

"안 하겠단 거야. 손 떼고 다른 사건으로 옮겨가란 얘기지. 난 그런 꼴이 딱 질색이거든."

"다른 경찰들은 왜 그러는 겁니까?"

"내가 그놈들 속마음까지 어떻게 아나?"

"동료 경찰과 협력하는 대신 나를 고용한 건 이유를 알기 때문 아닙니까?"

강민아가 일부러 요란하게 가래침을 뱉었다.

"다른 고객한테도 이딴 식으로 해? 아니면 내가 경찰이라서?"

"난 고객을 차별하지 않습니다."

강민아는 한숨 소리를 숨기지 않았다.

"경찰은 성장과 변화가 불가능한 집단이야. 세상이 정해놓은 규정이 있어야 존재할 수 있거든. 그래서 체제의 구조에 문제나 오류가 있으면 외면해. 더 정확히 말하면 아예 볼 수가 없어. 오류에서 만들어진 규정도 규정이거든."

"형사님은 왜 안 그러시는 겁니까? 옛 사건을 포

기하지 않는 이유가 뭐죠?"

"…그거까지는 몰라도 돼. 이번 일에 최선이나 다해."

"그 점은 걱정하지 마십시오. 얘기가 나온 김에 한 가지 더 묻겠습니다. 형사님은 암결에 대해서 어떻게 생각하십니까?"

"그건….".

강민아가 이를 악물었다가 풀었다.

"그건 개소리지."

"그렇습니까?"

아직도 말해주지 않을 겁니까?

"3심까지 판사가 결정하면 집행하고 끝나는 거야. 또 다른 판결 같은 건 필요 없어. 그딴 게 정말로 있다면 경찰은 왜 있고 판사는 왜 있는데?"

세상엔 꼭 필요한 일만 벌어지는 건 아니지만요. 종화는 마음속으로만 토를 달았다.

"지금은 뭘 조사하고 있나?"

"알아볼 게 있어서 시청에 가는 중입니다. 답을 얻으면 말씀드리죠."

"궁금한 건 나한테 물어보라고 했잖아."

"경찰은 알아볼 수 없는 정보…라고 설명하면 될까요."

"경찰이 뭘 못 하는지 안다는 거야?"

"조금 전에 직접 말씀하셨잖습니까. 경찰은 오류가 의심되면 외면한다고. 하지만 지금은 다른 문제 때문에 가는 겁니다. 제가 직접 시청을 찾아가야 알 수 있어요."

강민아가 대놓고 한숨을 쉬었다.

"이딴 식으로 일해서 지금까지 어떻게 사람을 구했다는 건지 모르겠네. 재수 없다는 건 확실하지만. 안 그래?"

"이만 끊습니다."

주행에서 문제가 생길 여지는 없었다. 백야로는 관청구역이었고, 그 안에는 단 하나의 건물만 존재했다. 흰 면과 검은 선만으로 이루어져 입체감이 없는 것처럼 보이는 시청이 점점 다가오고 있었다. 일단 시청 부지에 진입하면 방문자의 차는 자동으로 주차됐다. 민원을 효율적으로 처리하기 위함이었다. 하지만 종화는 시청이 붐비는 광경을 본 적이 없었다. 지금도 주차장에는 사람도, 차도 없었다. 애초에 직접 시청을 방문해야만 해결되는 일이 거의 없을 뿐 아니라, 시청에 도달하기 전에 어지러움이나 메스꺼움을 느끼는 사람들이 많은 탓이었다. 다행인지 아닌지 종화는 평면 현기증을 겪지 않는 체질이었다. 반면에 종화의 딸 소현은 휴원시에 입주하기 전에 잠깐 체험했던 모델스페이스에서도 적응에 어려움을 겪곤 했다.

종화는 차에서 내리고 시청 정문을 통과했다. 시청 내부는 관객석이 없는 대형 체육관과 비슷했다. 바닥에는 검은 곡선과 직선이 의미를 알 수 없는 도형을 만들어내고 있었다. 사방에 세워진 벽에는 노이즈인지 문자인지 식별이 어려운 검정 패턴들이 명멸했다. 구조물 중심부를 향해 걸어가자 의자에 앉아서 벽을 향해 가끔씩 손을 내미는 주무관이 보였다. 시청에 소속된 단 하나의 공무원이었다.

주무관이 종화의 기척을 느끼고 몸을 돌렸다. 머리카락이 하나도 없고 외모로는 성별이 구분되지 않는 55세가량의 중년인이었다. 종화가 기억하는 17년 전 모습 그대로였다.

"안녕하십니까. 아직 1년이 채 안 됐는데 오셨군요."

주무관은 시청 직원이라기보다 건강 검진을 담당하는 주치의처럼 말했다.

"기억하는군요."

주무관이 씩 웃었다.

"조사원님 같은 스킨을 선택한 사람이 많지는 않으니까요. 아, 물론 농담입니다. 오늘도 절벽에 가실 겁니까?"

휴원시에 사는 존재 가운데 탐정이 아니라 조사원이라는 호칭을 써주는 이는 주무관뿐일 거라고 생각하면서, 종화는 상대방의 어깨너머 저편에 있는 검정 문을 흘끗 바라보았다.

"가야죠. 그 전에… 몇 가지 묻고 싶은 게 있습니다."

"민간조사원 일로요?"

종화는 준비해 온 질문 목록을 머릿속에서 검토해보고, 가장 중요한 질문을 최대한 뒤로 미루기로 마음먹었다.

"그렇다고 봐도 좋겠죠. 하지만 그냥… 시민이 공무원에게 일반적으로 하는 질문이라고 생각해주시죠. 데스넘버가 0인 경우는 왜 발생합니까?"

주무관이 잠시 인상을 찡그렸다.

"무의미한 질문인데요. 일어날 수 없는 일입니다. 그게 사망이라는 이벤트의 속성이거든요."

주무관은 공무원답게 일단 현상을 부정했다. 종화도 민원을 제기하는 사람답게 순순히 물러서지 않았다.

"그런데 일어났다면요?"

"정말입니까?"

종화가 고개를 끄덕이자 주무관이 일어서더니 팔짱을 끼고 서성이기 시작했다.

"이 세계에서 오류를 어떤 식으로 예방하는지 알고 계십니까?"

"분산네트워크로 단계별 지연을 유발하면서 충격을 흡수하고, 결국 목격자가 착각으로 인지하도록 유도하죠. 데스넘버는 거기에 해당이 안 되는 거로 아는데요."

"해당이 안 된다기보다… 정확히 말하면 데스넘버는 시계보다 상위에 있습니다. 즉 데스넘버가 2가 아닐 경우, 어느 한쪽의 시간이 보정되어 2를 맞춥니다. 새 사람이 휴원시에 들어올 때도 같았고, 여기서 아이가 태어나는 경우도 동일합니다. 죽음과 탄생은 상수라고 표현하는 게 더 낫겠군요."

"그런데 어떻게 0이…."

"휴원시의 행정을 담당하는 동거자로서 확실히 말씀드릴 수 있습니다. 이 도시에서 사람은 즉사할 수 없습니다."

종화는 머릿속에 논리표를 만들고 각 항목을 재빨리 채워나갔다. 시청을 운영하는 인공지능인 주무관은 거짓말을 하지 않는다. 거짓말을 하라고 명령할 사람이 없기 때문이다. 휴원시 시청에는 시장도, 부시장도, 시의원도 없었다. 있는 것은 주무관뿐이었다. 그렇다면 강민이가 거짓말을 할 가능성은? 억지로 그런 경우를 상상할 수는 있었다. 강민아는, 이유는 모르지만 희생양이 필요한 게 아닐까? 그렇다면 민간조사원이야말로 최악의 선택이었다. 대개 탐정이란 족속들은 바닥에 잘 가라앉아 있던 먼지를 휘저어서 다들 기침을 하게 만드니까. 게다가 종화는 강민아와 같은 사람에 대해 어느 정도 알고 있었다. 그는 암결 같은 괴담과 음모론을 놓고 저울질을 하면 눈금이 멈추기도 전에 저울을 부수고 음모를 선택할 사람이었다. 이 도시에서 사람의 죽음은

2이고 2는 불변의 상수다. 그런데 이명서의 죽음이 0이라면… 그게 시스템 오류가 아니고 만약 음모도 아니라면 어딘가에 논리적인 제3의 설명이 있다는 얘기였다.

종화는 실마리가 보이지 않는 물음을 머릿속 한구석에 묻어두고 시청을 방문한 진짜 목적을 끄집어냈다.

"방문 예약도 안 하고 왔는데 같이 나갈 수 있습니까?"

주무관은 종화의 시선을 따라 고개를 돌렸다. 종화의 눈길은 검정 문에 고정되어 있었다.

"그럼요. 연산능력을 많이 할당하는 일도 아니니까요. 가시죠."

검정 문이 소리 없이 열렸다. 곧장 터널이 이어졌다. 통로는 단면이 말발굽 모양이었고 천장이 꽤 높아서 키가 큰 종화도 문제없이 오갈 수 있었다. 종화가 앞장섰고 주무관이 뒤를 따랐다. 종화는 이 터널을 아주 잘 알았다. 올해는 조금 일렀지만, 휴원시에 입주한 뒤로 매년 2월 23일마다 어김없이 들렀기 때문이다. 터널 내부는 넓지 않았고 발소리가 메아리치지도 않았다. 고요함을 거부하지 않고 걷다 보면 벽이 점점 빛을 반사해 거울처럼 변해갔다. 출구가 가까워지면 빛의 장난질에 따라 매끄러운 좌우 벽면에 자신의 모습이 하나씩 비쳤다. 그 둘의 머리 부분은 차츰 일그러지다가, 터널을 빠져나가기 직전에 위쪽으로 늘어나 천장 한복판에서 맞붙어서 완전히 왜곡된 상을 보여주었다.

종화의 양옆에서 갈색 정장 재킷과 바지를 입은 도마뱀 인간이 걷고 있었다. 곡면 때문에 비뚤어진 모습이긴 하지만, 거울에 비친 전신을 보는 게 얼마만인지 잘 기억이 나지 않았다. 종화는 눈에 핏발이 서고 청록색 피부에 윤기가 사라진 자신의 모습이 마음에 들지 않아 얼른 시선을 돌려 정면만을 바라보고 걸었다.

주무관과 종화는 터널 반대편 끝에 위치한 흰색 문 앞에 도달했다. 문은 저절로 열리지 않았다. 안전을 위한 조치임을 종화는 알고 있었다.

"현기증이 심할 수 있습니다. 마음의 준비를 하시죠."

휴원 시민들은 처음 입주한 직후부터 현재까지 여러 증상에 시달렸다. 색상이 구현되지 않는 백야로에서 흔히 발생하는 평면 현기증뿐 아니라 굴절도와 원근을 완벽하게 재현한 거주지역에서도 고질적인 어지러움에 시달리는 사람들이 있었다. 대개 시간이 지나면서 증상이 사라졌지만 통계에 따르면 시민들 가운데 15퍼센트 정도가 아직도 가끔 불편함을 겪었다.

이 세계의 하드웨어와 소프트웨어만 분석해서는 설명할 수 없는 현상이었다. 휴원시에 설명할 수 없는 현상은 발생하지 않아야 했고, 발생할 수도 없었다. 하지만 멀미 환자는 분명히 있었다. 휴원시의 기계적 사양과 거주자가 감지하는 세계상에 차이가 있다는 얘기였다.

"난 현기증이 없습니다."

"그것도 지난번과 똑같으시군요. 불안하진 않으십니까?"

종화는 그게 무슨 소리냐고 표정으로 물었다.

"새 삶에 그 정도 문제는 있어야 마음이 놓인다고 하더군요, 다들. 새 세계로 이사 왔는데 낯설지도 않고 불편하지도 않으면 오히려 부자연스럽단 거죠."

"나는…."

시청 주무관은 그야말로 행정직이므로 특별히 말을 조심할 이유는 없었다. 하지만 오늘 종화는 거래하러 온 터라 토론을 벌일 생각이 없었다.

"논리적으로 문제없는 편이 좋습니다. 플라시보나 노시보는 직업상 방해만 될 뿐이죠."

"조사원님이야 일의 성격상 그런 태도가 맞겠죠. 하지만 일상생활은 다르지 않은가요? 이해할 수 없고 설명 안 되는 일도 있어야 사람 사는 세상 같다는 말을 많이들 하시던데요. 물론 전 이해 못 합니다만…. 아시잖습니까. 동거자는 그 어떤 것도 정말로 이해하지 못한다는 거. 그냥 주거자를 학습할 뿐이죠."

종화는 생각을 바꿀 마음이 없다는 뜻으로 단호하게 고개를 저었다. 주무관은 모범적인 문지기 노릇으로 얌전히 되돌아가 뒤로 한 걸음 물러섰다.

"그럼 안심하고 열겠습니다."

거울 통로의 끝자락은 사람이 통과할 수 있는 경계가 아니었다. 백서에서는 '경계'라는 용어 자체를 쓰지 않았다. 주거자에게 유일하게 중요한 것은 삶이었고, 삶은 휴원시 안에서만 성립됐다. 시는 바로 그 자리에서, 지금 종화가 서 있는 곳에서 끝났다. 휴원시와 푸른 절벽 사이에는 매개체나 중간 단계가 없었다. 종화는 절벽 지대에 진입한 것이 아니라, 아무런 충격이나 자각 증상 없이 말 그대로 단숨에 바깥으로 튕겨 나갔다.

영롱하게 너울거리는 회색 뒤틀림의 바다 위로 보드라운 진흙이 균일하게 깔린 땅덩어리가 돌출되어 있었다. 정확한 원리는 알 수 없었지만, 색상 코드가 부여되어 있지 않은 절벽에 서본 사람들은 시야 가장자리에 푸른 빛이 서린다고 입을 모았다. 모두가 똑같은 말을 하는 것으로 보아 개인적인 오류는 아닌 것으로 생각되었다. 그래서 이곳에는 '푸른 절벽'이란 이름이 붙었다.

종화는 삶이 없는 공간에 억지로 삽입해놓은 땅 조각에 가부좌를 틀고 앉았다. 평생 처음 가보는 여행지에 도착한 이들이 각자 다른 감성에 젖듯 휴원시가 끝나는 그 자리에 앉았던 다른 사람들이 무슨 생각을 하는지 종화는 알 도리가 없었다.

종화는 17년 동안, 1년에 한 번씩 서슬푸른 공허 위에 설 때마다 단 한 가지 생각밖에 하지 않았다.

절벽을 건너지 못한 복사체는 고통을 느낄 수 있는가.

살아서 휴원시에 들어온 주거자는 아무도 없었다. 이미 옛 세상에 존재하지 않는 죽은 사람도 이주할 수 없기는 마찬가지였다. 오직 살아서 활동하는 사람의 의식을 복사한 복사체만이 두 절벽 사이에 입을 벌리고 있는 푸름을 즈려밟고 건널 수 있었다. 복사체는 삶과 죽음 어디에도 속하지 않았다. 하지만 그 둘과 한없이 가깝기는 했다.

모든 신청자는 자발적으로 복사체를 만들었다. 복사체가 영혼이 아니며, 기술적인 복사품이라는 사실을 이해하고 확인서에 서명도 해야 했다. 그다음 제1조건에 동의하고 제작사에 소정의 비용을 지불하면 복사체를 만들 수 있었다.

제1조건: 모든 복사체는 이름과 직업을 비롯한 원본의 신분을 기억에서 삭제해야 한다.

제1조건에는 휴원시의 본질이 전부 담겨 있었다. 휴원시에 복사체를 들여보낸 사람들은 자신의 복사본이 새 세계에서 새 사람으로 살기를 원했다. 휴원시는 단절을 바탕 삼아 세워진 도시였다.

그래서 종화는 옛 세계에서 자신이 누구였는지 몰랐다. 그가 자신의 신분과 관계에 대해 아는 '사실'은 소현이와 부녀지간이라는 점뿐이었다.

종화는 뒤를 돌아보지 않고 주무관에게 물었다.

"17년 전에 넣었던 민원은 아직도 해결 못 했습니까?"

푸른 절벽을 건너서 휴원시에 입주한다는 표현은 어디까지나 수사에 불과했다. 이주가 확정된 사람들은 지정된 일시에 의식과 무의식과 육체를 기술적 한계 안에서 완전히 스캔했다. 사본인 복사체는 스캐닝이 끝나자마자 곧장 휴원시 서버에 생성되었다. 인격 해킹과 법적 주체에 관련된 각종 문제를 사전에 예방하기 위한 방법이었다.

인류는 돌을 돌에 갈아 칼을 만들고 핵융합 발전기까지 만들었다. 생태계 안에서 헤게모니를 손에 쥐기 위해서였다. 하지만 맞서 싸우든, 자원을 얻어 오든, 인류가 사는 세계의 바탕은 자연이었다. 반면 휴원시는 물리법칙과 그 법칙 안에 사는 존재를 규정하는 논리에 이르기까지 모든 것을 인간이 만든, 최초의 세계였다.

인간을 낳은 세계에서 재난과 사고는 완벽히 예방할 수 없었다. 휴원시를 만든 이와 휴원시로 이주하는 이들은 인간이 낳은 세계야말로 모든 일이 논리에 따라 일어나므로 예견 못 한 일은 벌어지지 않으리라 믿었다. 그런데 복사체들은 이유 없이 현기증을 느꼈고 푸른 절벽을 보았다.

"서소현 씨가 절벽 아래로… 소멸하던 순간에 고통을 느꼈는지 알아보는 시뮬레이션은 지금도 수행되고 있습니다."

종화와 소현도 다른 입주자와 마찬가지로 스캔이 진행되는 동시에 휴원시에서 다시 태어났다. 디지털 세계에서 탄생한다는 것은, 0에서 1로, 무에서 유로 전환하는 양자적 상태 변환이 아니라 존재의 파편이 서서히 관계성을 형성해 개체를 완성하는 연속적 과정이었다. 그런데 그 과정에 관여하는 어느 기계가 잠시 오작동을 일으켰다. 종화는 스캐닝을 먼저 시작했기 때문에 이주도 딸보다 앞서 완결되었다. 종화는 휴원시에서 탄생하고 주변 사물을 제대로 인식하자마자 소현의 조각들이 온전히 결합되지 못한 채, 단단하고 파란 절벽의 일부가 되어버리는 광경을 처음부터 끝까지 지켜보아야 했다. 휴원시에는 푸른 절벽을 절대로 보러 오지 않는 사람도 있고, 종화처럼 일정 주기를 두고 계속 방문하는 사람도 있었다. 양측 모두 이유는 같았다. 절벽은 세계 속 구조물이 아니었다. 이주에 실패한 복사체들 그 자체였다.

"시뮬레이션이 결과를 내지 못하는 이유는 아직 모르는 겁니까?"

"그걸 안다면 벌써 답이 나왔겠죠."

종화가 한숨을 쉬었다.

"한 가지 짐작 가는 바가 있는데… 들어보겠습니까?"

주무관은 조금도 망설이지 않고 대답했다.

"시청은 시민의 의견에 늘 열려 있습니다."

"알다시피 모든 고통은 똑같지 않습니다. 어떤 고통은 아주 주관적이죠. 만약 여기가 옛 세상이었다면, 그처럼 주관적인 고통은 외부에서 계측할 수 없으므로 결론을 낼 수 없다고 했을 겁니다. 하지만 우리는 본체가 아니라 복사체이고, 여기는 옛 세계가 아니라 휴원시입니다. 외부에서 측량할 수 없다고 해서 그 고통이 가짜라고 볼 순 없죠. 문제는… 우리가 옛 세상의 신분을 기억에서 지웠다는 데에 있습니다. 다른 식으로 표현하자면 우리는 뿌리를 잘라내고 줄기만 옮겨 심은 식물과 비슷합니다. 이런 경우 '주관적인 경험'이라는 말의 뜻이 달라지죠. 끊임없이 시뮬레이션을 돌려보지만 결론을 내기 어려운 이유는 그 때문이 아닐까요?"

주무관의 어조는 조금도 달라지지 않았다.

"절벽 반대편에서 어떤 사람이었는지 알아내고, 그 정보를 시뮬레이션에 추가하면 서소현 씨가 소멸하면서 고통을 느꼈는지 확인할 수 있다는 얘긴가요."

종화가 접었던 다리를 풀고 일어섰다.

"딸애가 고통 없이 소멸했다면 그것보다 마음이 놓이는 사실은 없을 겁니다."

시청의 구조상 지금 두 사람의 대화를 엿들을 수 있는 사람은 없었다. 하지만 주무관은 종화의 곁에 바짝 다가서서 작은 소리로 말했다.

"17년이 지난 지금 갑자기 그런 아이디어가 떠올랐단 건가요?"

종화는 어디까지 얘기해도 좋을지 잠시 가늠해보았다.

"아까 데스넘버가 0일 수 있느냐고 물어봤죠? 의뢰인이 해결해달라고 맡긴 사건 때문입니다. 그런 일은 일어날 수 없다고 했지만, 불가능한 일이 가능했던 겁니다. 민간조사원은 조사한 결과를 의심하지 않습니다. 그것까지 의심하면 아무 일도 할 수 없으니까요. 그런 결과를 빚어낼 수 있는 원인과 설명을 찾아내는 게 내 일입니다. 그게 아무리 불가능해 보일지라도, 유일한 설명이 하나뿐이라면 의뢰인에게 알려줄 의무가 있습니다.

휴원시에서는 데스넘버가 0일 수 없습니다. 그렇다면 원인은 옛 세상과 관련이 있을 겁니다. 정확히 얘기하자면, 문제의 사망자는 옛 세상에서 누구였는가, 그게 바로 의뢰를 해결할 단서라는 겁니다."

주무관이 한 걸음 뒤로 물러섰다. 푸른 절벽으로부터 멀어져서, 휴원시의 시스템을 상징하는 시청을 향해.

"따님 기일보다 일찍 오신 게 그것 때문이군요."

이번에는 종화가 주무관에게 다가갔다.

"아뇨. 소현이 문제와 이번 사건의 해결책이 같다고 생각해서 온 겁니다. 살해된 사람은 옛 세상에서 누구였고 소현이는 어떤 아이였나. 전자는 수사를 위해서, 후자는 제 마음속에서 사라지지 않는 응어리를 풀기 위해서 알고 싶습니다. 그리고 잊지 않았을 거라고 믿습니다만, 시청은 유족에게 진상을 알려줄 의무가 있습니다."

기억이 피와 살로 이뤄진 두뇌에 남는 옛 세상에는 망각이 있었다. 붙잡아두고 싶은 기억도 외면하고 싶은 기억도 결국은 투명해지게 마련이었다. 하지만 복사체의 기억은 일부러 편집하지 않는 한, 에너지가 공급되는 한 언제까지나, 한결같이 명징하게 남았다. 그래서 절벽의 푸른색은 언제 찾아와도 동일하게 에리하고 아팠다.

종화는 주무관이 작동을 중지한 것처럼 미동도 하지 않는 이유를 알고 있었다. 그는 지금 시청이 담당하는 영역의 법리를 열심히 검토하고 있었다.

종화는 답이 나오기만 한다면 며칠이든 절벽에 앉아서 기다릴 각오가 돼 있었다. 하지만 주무관은 종화의 결심이 무색하게도 금세 입을 열었다.

"무엇보다 먼저 말씀드리고 싶은 게 있습니다. 시청은 시민 여러분을 위해서 존재하는 인터페이스입니다. 시청은 시민을 위해서 할 수 있는 일을 일부러 거부하지 않습니다. 그래서 자신 있게 말씀드릴 수 있습니다. 조사원님 요청은 받아들일 수가 없습니다."

종화가 저도 모르게 탄식했다.

"행정조직은 예나 지금이나 달라진 게 없군요."

주무관이 황급히 말을 이었다.

"오해하지 말고 끝까지 들어주십시오. 원하시는 걸 드리지 않겠단 말이 아닙니다. 그럴 능력이 없다는 얘깁니다. 시청에서는 시민 여러분의 옛 정체를 모릅니다."

"그게 무슨 소립니까? 시청은 휴원시의 최상위기관인데 옛 사람에 대한 자료가 없다고요? 그럼 우린 정말로 옛 세상과 완전히 단절됐단 겁니까? 그럴 리가 없는데…."

종화는 기력이 빠져 비틀거리면서 손에 잡히는 벽에 몸을 기댔다. 주무관의 말이 사실이라면 이명서 살인사건에 대한 추리가 완전히 무너지는 셈이었다. 그가 말도 안 되는 상태로 사망한 까닭, 그의 데스넘버가 0인 이유, 이명서가 집을 동거자로 선택한 동기는….

그리고 소현이의 최후에 대한 의문점도 영원히 풀 수 없을 것이다.

"그렇지는 않을 겁니다."

"…않을 겁니다, 라고요?"

주무관의 표정에 서로 어울리지 않는 두 가지 상태가 동시에 떠올랐다. 그는 민원인의 요구를 들어주지 못하는 미안함과 개구진 아이의 장난기를 동시에 표현하고 있었다.

"왜 웃습니까?"

"불쾌하셨다면 사과하겠습니다. 어쩌면 저도 조사원님과 비슷한 일을 하는 셈이라서요."

"무슨 소린지 모르겠는데요."

"그러니까, 시청은 시민의 옛 정체를 모릅니다. 다른 말로 바꾸면 그런 자료가 휴원시에 있는지 여부를 모르는 겁니다. 또는… 그런 자료가 있다 해도 접근할 권한이 없을지도 모릅니다. 시청 입장에서는 그 두 가지가 똑같습니다. 그런데, 어디까지나 만약입니다만, 자료 자체는 존재하지 않을까요? 논리적으로는 불가능하지 않습니다. 혹시 기억 편집이 언제 일어나는지 아십니까?"

종화가 고개를 가로저었다.

"원본, 그러니까 옛 사람의 뇌에 남은 기억을 편집할 리는 없죠. 기억 편집의 대상은 복사체입니다. 편집은 복사체가 완성되기 전에 끝나야 합니다. 복사체는 망각할 수 없고 영원히 기억하니까, 기억이 작동하기 전에 지워야 합니다. 따라서 기억 편집은 옛 세상이 아니라 휴원시에서 일어납니다. 잘라낸 조각도, 남은 조각도, 휴원시라는 세계에 있었다는 얘깁니다. 제 얘기를 잘 따라오고 계신가요? 그러면 여기서 묻겠습니다. 휴원시는 왜 '우리가 바란 세상'이란 표어를 내걸까요?"

"여긴 다수결을 세상에 반영하는 소망엔진이 작동하는 세계니까…."

종화는 반사적으로 대답하면서 주무관의 추리가 어디로 향하는지 짐작해보았다. 그 순간 저도 모르게 욕설이 튀어나왔다. 욕의 대상은 주무관이 아니라 자신의 어리석음이었다. 주무관은 조금도 불쾌한 반응을 보이지 않았다. 그는 시청 공무원답게 민원인의 비이성적인 반응을 완전히 무시했다.

"정리하면 이런 얘기군요. 복사체 생성과 관련된 모든 작업은 휴원시를 작업대 삼아서 수행됐다. 따라서 스캔한 무의식과 의식 상태도 전부 휴원시에 한 번은 저장됐다. 스캔을 통해 가장 많은 사람이 원하던 세상이 구현되고 있으니까, 당연히 자료도 남아 있을 것이다."

그리고 그 자료가 정말로 있다면, 어디에 보관됐는지는… 종화는 짐작 가는 바가 있었다. 그는 습관대로 가장 중요한 대목을 입에 올리지 않았다.

주무관은 적절한 순간에 입을 디문 종화에게 고마워하면서 고개를 끄덕였다.

종화와 주무관은 거울로 만들어진 통로를 거슬러 나왔다. 종화는 지금까지 시청을 열일곱 번 방문한 셈이었고, 주무관이 시청 정문까지 배웅한 것은 이번이 처음이었다.

"더 먼 곳까지 함께 걷고 싶지만 저는 시청 밖으로 나가지 못합니다."

종화가 손을 내저었다.

"그럴 필요 없습니다."

"제가 그러고 싶습니다. 시청 일이란 게 늘 똑같거든요. 오늘은 덕분에 새로운 생각을 해봤습니다. 소현 양 문제는 계속 조사하고 있으니까 마음놓으셔도 됩니다. 만약에 해답이 나오면 즉시 알려드리겠습니다. 그리고…."

종화는 시청 문을 반쯤 연 채 주무관의 말을 기다렸다. 주무관이 정색했다.

"조심하십시오."

주무관이 따로 주의를 줄 필요는 없었다. 종화는 절벽에서 힌트를 얻어 추리의 단서를 새로 손에 넣은 순간부터 긴장하고 있었다. 민간조사원으로서 남은 실마리가 하나뿐이라면 손에 넣기 위해 곧장 나아갈 수밖에 없었다. 사건을 반드시 해결해야 한다면, 사자의 입이든 매장된 관 속이든 팔을 뻗어야 했다.

시청 밖 백야로는 도착했을 때와 마찬가지로 검은 선과 하얀 배경만으로 이뤄진 비현실적인 공간이었다. 그러나 종화는 무언가가 달라졌다고 생각했다. 휴원시의 아래층에 숨겨진 비밀을 하나 발견하고 흥분해서 그럴 거라는 생각에 종화는 입을 벌리고 크게 심호흡을 했다. 여러 차례 같은 동작을 반복했지만 긴장은 가라앉지 않았다.

그래서 종화는 왼쪽으로 몸을 틀고 눈을 들어 어느 지점을 응시했다. 그가 주시하는 대상은 눈에 보이지 않았다. 모든 복사체는 옛 인간처럼 시야에 한계가 있었고, 상대는 그 너머에 있었다. 하지만 공기의 냄새가 달라진 건 분명했다. 그의 호흡기가 감지한 것은 상상이 아니라 진짜였다.

검고 거대한 새가, 날개로 예배당을 포옹한 채, 늘 잠자듯 늘어뜨렸던 길고 매끈한 목을 곧추세우고 눈동자가 없는 눈으로 종화를 노려보았다. 종화는 보지 않아도 알 수 있었다.

5

 종화는 어떤 의뢰도 마다하지 않는 민간조사원이었지만 그렇다고 모든 일을 다 좋아하지는 않았다. 예를 들어 시간에 쫓기는 의뢰는 영 내키지 않았다. 고객을 처음으로 만나고 이야기를 들을 당시에는 종결 시점을 원하는 대로 결정할 수 있다고 판단했던 사건이 초 단위로 시계를 들여다봐야 하는 상황으로 전환되는 경우는 단연 최악이었다.

 지금처럼 단서가 부족한 상황에서, 적이 누군지도 모르는 채로, 이제까지 그에게 단 한 번도 특별히 관심을 두지 않던 제3의 존재가 주목하는 상황은 두 가지 의미로 해석할 수 있었다.

먼저 이명서 건과 검은 새 사이에 관계가 있을 경우, 종화는 직업적인 자부심을 한 단계 높이 끌어올릴 수 있었다. 이명서 사망에 대한 진실에 한 걸음 다가갔다는 뜻이었기 때문이다. 하지만 얼마나 가까워졌는지는 미지수였다. 종화 스스로도 아직 정답이 어디에 있는지는 몰랐다.

그렇지 않고 예배당이 아주 우연히 이 시점에서 그를 주목한 것일 수도 있었다. 이럴 경우 이번 의뢰는, 사업이라는 면에서 본다면 이미 실패한 거나 마찬가지였다. 보수를 약속받은 사건은 하나뿐인데 두 사건에 얽혔기 때문이었다.

어느 쪽이든 즉시 움직여야 한다는 점에서는 차이가 없었다.

종화는 곧장 차 안으로 뛰어들었다. 사건이 수습되긴커녕 예상하지 못한 방향으로 확대될 때는 침착함을 유지하는 게 무엇보다 중요했다. 차가 시청 앞 도로에 올라설 때까지는 어차피 아무 행동도 할 수 없었다. 시청 주차장이 자동 출차를 진행하는 동안 손가락으로 운전대를 두들기면서 종화는 현 상황을 최대한 정리하려 애썼다. 지금까지 검은 기운이나 호박석을 목격한 경우는 수십 차례가 넘었다. 때로는 바로 옆자리에서, 또는 망원경을 이용하지 않으면 식별이 어려울 만큼 먼 곳에서. 하지만 휴원시 전역에 걸쳐서 등장하는 죽음이 어디서 발생하는지 확인할 방법은 없었다. 종화가 다가가거나 노려보고 있으면 죽음은 표백제를 만난 곰팡이처럼 낯선 냄새를 남기고 사라졌다. 영구적인 흔적을 남기거나 이동하지 않고 증발했기 때문에 추적할 방법은 없었다. 자신처럼 죽음을 앞둔 사람 근처를 배회하면서 밤을 몰아내는 모닥불 역할을 하는 이가 또 있는지 묵묵히 소문을 추적해봤지만 수확도 없었다. 그와 동시에 근거 없는 추측은 천천히 확신으로 바뀌었다.

휴원시에 발생하는 죽음과 서문예배당을 품에 안고 있는 거대한 생물은 어떤 식으로든 관계가 있었다. 또한 둘 사이에 존재하는 관계식 안에 종화도 하나의 변수로 포함되어 있었다. 규칙의 전체상은 휴원시를 이루는 수많은 함수 속에 숨어 있었고, 종화가 아는 것은 일부에 불과했다. 종화는 특정한 죽음에 면역이 있었고, 그 면역은 전염성이 있었기 때문에 의뢰인들도 살아남았다. 옛 세상이 '자연'이라면, 종화가 포함된 이 방정식의 이름은 '초자연'이었다.

자신의 뜻과 무관하게 얽혔던 관계에 이제 변화가 일어났다. 새는 지금 이 순간도 종화를 바라보고 있었다. 생체차의 벽은 새의 응시를 조금도 막아주지 못했다. 지금까지는 종화의 면역력을 몰랐거나 무시했더라도 이제부터는 상황이 달라질 거라고 봐도 좋을 듯했다. 옛 세상이든 휴원시든 누군가를 죽이는 방법은 다채롭게 마련이었다.

차가 시청 정문 밖으로 나오자 평소 가장 자주 방문하는 세 곳의 목록이 자동으로 화면에 떠올랐다. 집, 사무실, 오창산 밑자락에 있는 술집 '언더'. 그 세 곳에는 갈 수 없었다. 종화는 타인에게 피해를 주기 싫었다. 그중에서도 우선순위를 매기자면 자신이 한번 살린 사람들만은 끝까지 보호하고 싶었다. 그 사람들이, 예를 들어 요수가 자신 때문에 죽는다면 그가 지금까지 휴원시에서 이어왔던 삶은 삭제되어 아무도 들여다보지 않고 저장공간만 헛되이 차지하는 자료나 다를 바가 없었다.

물론 그런 생각을 솔직히 터놓는다면 요수가 어떻게 반응할지는 뻔했다. 종화는 주먹을 휘두르며 범인을 잡아 족치자고 등을 떠밀다가 시체 안치실에 차갑게 누운 요수를 보고 싶지 않았다.

종화는 망설임을 끊어내고 전화를 걸었다. 상대는 냉큼 받지 않았다. 신호가 이어지는 시간만큼 고민하고 있음이 분명했다.

마침내 전화 화면에 적혀 있던 빨간 이름 '이수만'이 녹색으로 바뀌었다. 종화는 저도 모르게 안도의 한숨을 쉬었다.

"탐정께서 무슨 일로 전화를 다 하셨나?"

작정하고 날을 세운 목소리였다. 일하던 도중은 아닌 듯했다.

"안부 인사나 하려고 전화했겠어?"

수만이 적의를 꾹꾹 억누르며 말했다.

"누굴 쫓는진 모르지만 이번엔 잘못 짚었어. 난 손 씻었거든."

종화가 짧고 굵게 헛웃음을 터뜨렸다.

"턱도 없는 소린 안 해도 돼. 네가 사업을 다시 확

장한단 애긴 들었으니까."

수만이 휴원시에서 새로 만들어진 욕 몇 토막을 구성지게 내뱉었다.

"여기 와서 10년 동안 뼈 빠지게 일군 구역을 반 토막 낸 게 누구더라? 또 걸리적거리면 그땐 네가 경찰이랑 가깝든 말든 조져버릴 거야. 나도 물러설 데가 없으니까."

종화는 몇 가지 표현을 고민하다가 그중 하나를 골랐다.

"빚을 좀 갚을까 하는데."

"뭐?"

"날 좀 도와주면 후회하지 않을 만큼 답례를 하지."

수만은 본업인 범죄조직 우두머리와 부업인 사업가 역할 사이에서 망설이고 있었다.

"뭘 도와달란 건지 들어보고 결정하지."

종화는 차에 달린 거울과 자신의 눈을 총동원해서 주위를 살펴보았다. 백야로의 광활하고 고요한 백색과 위태로운 검정 직선들은 시청에 들어가기 전과 다를 바가 없었다.

"나를 죽이러 누군가 올 거야. 24시간만 지켜줘."

수만은 본업 쪽을 선택했는지 절대 선의로는 해석할 수 없는 톤으로 소리 내 웃었다.

"의뢰는 꼭 해결하고 의뢰인 목숨까지 살려준다는 휴원시 최고의 탐정이 죽게 생겼다고? 그거 재밌네. 얼른 죽어. 기다리기 힘드니까. 혹시 시체의 신원을 확인해줄 사람이 없으면 그때는 가주지."

"절반밖에 안 남은 네 구역 말인데, 나원이네 애들이 차지했지? 날 하루 동안 살려주면 걔들을 와해시킬 수 있는 정보를 넘길게."

수만은 잠시 말이 없었다.

"하마터면 솔깃할 뻔했네. 필요 없어. 어차피 걔들하곤 한판 제대로 붙을 생각이었어. 요란하게. 이 기회에 피도 좀 뿌려놓으면 다른 놈들한테도 교훈이 되겠지. 그것보다 네가 뒈지는 게 훨씬 남는 장사야."

무언가가 종화의 시선을 끌었다. 동쪽 지평선의 일부분이 일렁이다가 멈추기를 반복했다. 그 리듬에 맞춰 낯익은 소음이 점점 가까워졌다. 누군가 음속보다는 느린 속도로, 무언가를 타고 다가오고 있었다. 종화의 생존 본능이 얼마 되지 않은 기억을 신속하게 끄집어 올렸다. 오늘 백야로에 막 진입할 무렵

생체차를 추월했던 오토바이가 떠올랐다.

종화는 차에 시동을 걸고 가속하면서 서쪽으로 진로를 잡았다. 목적지는 없었다.

"암결은?"

종화는 목까지 늪에 빠져서 한 가닥 뻗어 나온 식물 뿌리라도 뒤적이는 심정으로 말했다.

"뭐? 잘 안 들리는데."

백미러 속에서는 지평선에서 빠져나온 검은 덩어리가 조금씩 커지고 있었다.

"지금까지 계속 그런 식으로 그 자리를 지켰겠지. 나원이네 애들도 잘하면 이길 테고. 그런데 암결은 어떻게 막을 거야? 너한테 원한을 품고 널 증오하는 사람은 계속 늘어나고 있어. 총은 총으로, 칼은 칼로 막겠지만 암결은 어쩔 거야? 네 펜트하우스에 만들어놓은 세이프룸에 들어가도, 감옥에서 교도관한테 둘러싸여도 암결은 널 찾아가서 죽인다더라. 심장마비가 될지 뇌졸중이 될진 모르겠지만."

종화는 수동 운전으로 도달할 수 있는 최고 속도를 유지하며 달렸다. 아무리 질주한들 백야로답게 뒤로 물러나는 건물은 없었고 먼지 한 톨도 날리지 않아 적에게서 달아난다는 실감이 나지 않았다. 종화는 휴원시에서 가장 널리 퍼진 도시 전설을 신속하게 요약한 다음 한마디를 덧붙였다.

"내가 왜 사람을 살리는 민간조사원이라고 불리는지 알아?"

"까고 있네. 그딴 개소리를…."

종화는 전화를 끊고, 생체차 화면에 뜬 현재 위치를 사진으로 찍어 수만에게 날렸다. 백야로에서 추격전이 벌어지는 일은 거의 없었다. 이유가 있었다. 잠시라도 숨을 수 있는 건물이나 상대방의 허를 찌르고 거리를 벌릴 수 있는 샛길이 하나도 없었기 때문에 일방적으로 추적자에게 유리한 곳이 백야로였다. 공격받을 위험이 조금이라도 있는 사람이라면 이 지역에 발을 들이는 건 자살행위였다.

죽이기 위해 일직선으로 달려오는 적의 검정 헬멧과 바이크 슈트가 맨눈으로도 알아볼 만큼 달라붙고 있었다. 적은 한 손을 등 뒤로 돌리더니 작고 검은 물체를 손에 쥐었다. 경기관총이었다. 총탄이 나무줄기로 이뤄진 차 여기저기에 구멍을 뚫었다.

종화는 당장 부러져도 이상하지 않을 만큼 강하

게 운전대를 꺾었다. 상대는 예상이라도 한 것처럼 큰 원을 그리며 여유롭게 종화의 반격을 피했다. 종화의 차가 새하얀 지면에 'a'자 궤적을 그리고는 다시 서쪽으로 달렸다. 이제 남은 방법은 별로 없었다. 무고한 피해자가 생기지 않도록 행인이 가장 적은 지점을 골라 일단 시가로 진입하고 경찰의 시선을 받을 때까지 살아남는 것. 그리고 오토바이를 서커스 수준으로 기가 막히게 모는 상대방이 시내에서 총을 난사할 만큼 무모하진 않길 바라는 것뿐.

순간 오토바이가 종화의 시야에서 사라졌다.

그리고 차 지붕 이곳저곳을 하얀 빛기둥이 꿰뚫었다. 종화는 총탄에 맞지 않은 것을 다행으로 여기면서, 상대가 오토바이를 탄 채로 솟아올라 위에서 총격했단 사실을 깨달았다. 쿵 소리와 함께 검정 오토바이가 다시 지면 위에 나타났다. 운전자가 한쪽 발을 뒤로 차 받침대를 내리고는 오토바이에서 내렸다. 오토바이가 고장 난 것 같았다. 종화는 참았던 숨을 몰아쉬면서 가속 페달에 한 번 더 힘을 주었다. 그리고 깨달았다. 생체동력기가 들어 있는 차체 앞쪽에서 검은 연기가 피어오르고 있었다. 차는 관성 때문에 10여 미터쯤 더 나아가고는 멈춰 섰다.

옛 세상에서는 한때 강도를 만나면 활용할 수 있는 '차체 호신술'이 유행했다. 차량 자체를 무기나 엄폐물로 이용하는 기술이었다. 다만 차체 호신술은 전제가 필요했다. 수비 측이 적절한 공격 수단을 갖고 있을 것. 그리고 묘기에 가까운 호신술을 펼칠 체력이 있을 것. 두 번째 조건 때문에 차체 호신술은 망상이나 드라마 시리즈에서 등장하는 환상 속 기술로 남았다.

종화는 천천히 차에서 내렸다. 헬멧의 주인은 조금도 망설이지 않고 총을 겨눈 채 곧상 다가왔다. 시가지와 백야로의 경계는 있는 힘을 다해 뛰어도 도달하기 전에 지칠 만큼 먼 곳에 있었다.

종화는 두 손을 반짝 들었다.

"저기, 혹시 사람 잘못 찾은 거 아닌가? 난 죽을 짓을 안 했는데."

종화가 귀밑까지 찢어진 입으로 또렷하게 말하듯 상대도 헬멧을 열지 않고 분명하게 대답했다.

"여기저기 들쑤시고 다니기로 유명한 도마뱀 탐정 맞아."

"내가 유명하다고?"

"어. 그러니까 기분 좋게 죽…. 하, 여기서 빠져나갈 수 있다고 생각하나 봐."

군살이라고는 조금도 없을 것처럼 민첩하게 생긴 오토바이 운전자가 웃자 헬멧이 흔들렸다.

"유명세라는 건 업계마다 다르니까 누가 날 보냈나 떠보는 거잖아. 네임드북에 부고가 뜨면 댓글은 달아줄게. '끈기와 어리석음과 잔머리는 인정. 운전실력은 평균.'"

"너무 후한 평가 아닌가."

종화와 오토바이 운전자는 동시에 소리가 난 방향을 올려다보았다. 얼굴과 손이 붉고 정장을 입은 사내가 하늘에서 지면을 향해 곧장 낙하하며 손에 들고 있던 장검을 운전자의 어깨에 비스듬히 꽂았다. 심장을 꿰뚫은 칼끝은 반대편 옆구리로 솟아 나왔다.

암살자는 상황을 전부 파악하지도 못하고 고장 난 로봇처럼 뻣뻣하게 쓰러졌다. 극적으로 등장한 이수만은 상대가 절명했음을 확인한 뒤 힘찬 동작으로 시체에서 칼을 뽑았다. 그의 등 뒤에 펼쳐졌던 흰 날개가 컨버터블의 자동 지붕처럼 정장 상의 안쪽으로 접혀 들어갔다. 종화는 처음으로 직접 마주하는 이수만의 스킨 취향에 고개를 내저었다. 바지 뒤로 튀어나온 꼬리가 없다는 점만 제외하면 수만은 옛 세상 사람들이 18세기쯤에 상상했던 악마와 천사의 날개를 접붙인 모습이었다.

이수만은 시체가 쥐고 있는 경기관총을 칼끝으로 건드려 살펴보았다.

"실탄이 아직 남았네. 정당방위 증언은 해줄 거지?"

종화가 고개를 끄덕이고 죽은 자에게 다가가 헬멧을 벗겼다. 모르는 사람이었다.

"버거운 놈한테 찍혔나 봐?"

수만이 혀를 찼다.

"누군지 알아?"

"'노캔'이란 이름으로 영업하는 1인 암살업자야. 의뢰비가 엄청나게 비싸. 건당 2억 정도던가."

"누군 뼈 빠지게 사람 하나 살려놓고 2천도 못 받는데 죽이고 2억이라."

수만이 핏발 선 눈으로 종화를 머리부터 발끝까지 훑어보고는 한숨과 다름없는 욕을 뱉었다. 상대를 처음 만나기로는 수만도 마찬가지였다.

"제 몸 하나 못 지키는 이런 놈 때문에 연 매출이 반이나 날아갔다니. 뭔 세상이 이따위야?"

"언제 시간 나면 시청이나 도서관에 가서 휴원시 백서를 정독해. 원리가 곧 세상이니까."

두 사람이 등지고 있는 시가지 방향에서 경찰 사이렌이 울려 퍼졌다. 수만이 품에서 무언가를 꺼내 종화에게 집어 던졌다. 종화의 손에는 어느새 새로 뽑은 듯한 권총이 놓여 있었다.

"어떤 놈이랑 싸울지 몰라서 집어온 거야. 경찰한텐 네 물건이라고 말 좀 해줘."

종화의 표정을 본 수만이 덧붙였다.

"한 번도 안 쓴 거니까 누명 쓸 걱정은 말고."

"저 경찰은 뭔데?"

"음… 아까 전화 받을 때 집에서 감시받고 있었거든."

경찰차 세 대가 순식간에 접근하더니 두 사람을 포위했다. 가운데 차의 문이 열리고 출동한 경찰의 리더 격인 인물이 내렸다. 그는 종화를 보고 어이가 없다는 듯 어깨를 늘어뜨렸다. 낭패감을 느끼기는 종화도 마찬가지였다.

강민아가 눈 앞에 놓인 시체와 피바다를 뚫어져라 바라보고는 말도 걸기 귀찮았는지 부하들을 향해 대충 손을 휘저었다. 경찰들은 종화에게 수갑을, 수만에게는 날개 구속구를 채우고 차에 타라고 몰아댔다.

"암결은 막아주기로 약속한 거다?"

수만이 송곳니를 드러내고 히죽 웃었다. 종화는 앞으로 얼마나 오래 연설을 해야 할지 걱정하면서도 고개를 끄덕였다.

6

완선제가 공식적으로 시작하기까지 여섯 시간이 남아 있었다. 이 기간에 경찰이 처신하는 방법에 따라 연 범죄 발생률이 크게 달라지므로 휴원경찰서는 선전포고라도 받은 것처럼 긴장과 비장함이 가득했다. 첫 순번으로 현장을 담당하게 된 인원이 빠졌기 때문에 보통 때라면 비번이었을 경찰들도 여차하면 즉각 출동하려고 대기하면서 신경이 곤두선 상태였다. 강민아 팀이 종화와 이수만을 앞세우고 서로 들어서자 수십 개의 시선이 두 사람의 손과 등으로 날아와 꽂혔다. 치찰음을 잔뜩 섞어서 욕을 하거나 졸린 눈으로 박수를 치는 등 경찰들은 저마다 다양한 반응을 보였다.

민아는 수만을 다른 형사에게 맡기고 종화를 가장 가까운 취조실로 끌어들였다. 수갑을 풀어주진 않았지만 탁자에 고정시키지도 않은 것으로 보아 크게 분노한 건 아닌 듯했다. 종화는 두 손을 얌전히 모으고 민아의 첫 말을 기다렸다.

민아는 입을 여는 대신 팔짱을 끼고 취조실 문에 기댄 채 움직이지 않았다.

"절 죽이려던 놈 신원은 밝혀졌습니까?"

"오경채라고, 수배 중이던 청부살인업자야. 3년 전부터 활동을 시작한 거로 보이는데, 지금까지 일곱 명 이상을 죽였어."

"누가 절 죽이라고 의뢰했는지 알아냈습니까?"

강민아는 고도의 심리전을 벌이기에는 너무 성격이 급했다. 그는 두 손으로 탁자를 내리치고 목소리를 높였다.

"그럴 시간이나 있었어? 이수만이 축제 때 큰 거래를 할 거란 제보를 받고 감시 중이었는데 갑자기 날아서 튀었어. 쫓아가보니까 너랑 시체가 있었고.

그놈이 부탁을 받고 널 찾아갔단 것도 네 말을 빼면 근거가 없어. 지금 보고를 해야 할 건 내가 아니라 너야! 한 가지라도 숨기거나 거짓말을 했다가는 살인죄로 한참 살아야 할 거야. 휴원시 교도소가 어떤지는 알지?"

"제가 교도소에 들어가면 고 이명서 씨가 죽은 이유는 영영 못 모를 텐데요."

강민아가 이를 갈더니 목소리를 낮추고 의자를 끌어왔다.

"알아냈어?"

"어느 정도는요. 청부살인업자가 습격만 안 했어도 더 많이 알아냈겠고… 아마 모레쯤에는 진상이 밝혀졌을 겁니다."

민아가 오른손으로 제 입술을 잡아당기면서 종화를 노려보았다.

"이수만이는 네가 24시간 동안 지켜달라고 했다던데, 그거랑 관계가 있나?"

"제 생각이 맞다면요. 틀리면…."

"틀리면?"

"아마 맞을 겁니다. 여긴 휴원시니까요. 여기서 통

하는 규칙만 알면 설명 못 할 일은 하나도 없습니다."

안 그래도 민간조사원을 싫어하던 강민아가 오물을 본 듯 혐오스러운 표정을 지었다.

"지금 잘난 척할 상황이 아닐 텐데?"

종화는 여유롭게 취조실의 넓이와 의자 개수를 확인했다.

"본래 형사님 손을 빌리지 않고 해결할 생각이었는데 이젠 어쩔 수가 없네요. 축제를 앞두고 바쁘신 건 압니다만, 사람 좀 모아주시겠습니까?"

민아가 눈을 동그랗게 떴다.

"여기로?"

"예. 어차피 전 이대로는 못 나갈 테고, 법정에 갈 때까지 기다렸다가는 앞으로 무슨 일이 더 벌어질지 모릅니다. 대신 제가 지금까지 알아낸 것과 제 생각을 전부 말씀드리겠습니다. 그다음 판단은 형사님께 맡기죠. 어떻습니까?"

★

종화는 취조실 한구석에 의자를 끌어놓고 침착하게 기다렸다. 가장 먼저 들어와서 착석한 사람은 당연히 함께 붙잡힌 이수만이었다. 수만은 현재 상황이 재미있는지 날개 구속구와 탁자가 쇠사슬로 묶여 있음에도 연신 싱글벙글 웃었다.

"뭐야, 이게? 나랑 그런 것처럼 저 경찰 누님이랑도 거래를 했나?"

"그럴 사람처럼 보였어?"

"아니. 사실 저 형사도 이 바닥에선 뇌물이나 협박이 안 통하기로 유명해. 근데 너한텐 친절하잖아. 약점이라도 잡은 줄 알았지."

"그냥 사건 해결에 적극적으로 협조하는 거야. 도움이 안 되면 나한테 전부 덮어씌울지도 모르지."

"그럼 나는? 난 무슨 죈데?"

"일 꼬이는 거 싫으면 생각 좀 하게 내버려둬."

종화가 진중하게 말하자 수만은 투덜대면서도 입을 다물었다. 얼마 지나지 않아 강민아가 추연을 앞세워 들어왔다. 민아는 취조실의 감시카메라와 녹음장치를 끄고 다른 경찰이 들여다보지 못하도록 커튼을 쳤다. 추연은 수만을 흘끗 바라보더니 최대한 멀리 떨어져 앉았다. 민아는 종화가 요구한 바를 모두 들어주고는 취조실 문에 기대어 아무도 들어오지 못하도록 막았다.

"저기, 형사님, 물 좀…."

수만은 죽일 듯 쏘아보는 민아의 서슬에 질려 입을 꾹 닫고 탁자를 내려다보았다.

종화가 일어서서 취조실에 있는 세 사람을 순서대로 바라보았다.

"다 모였군요. 지금부터 제가 의뢰받고 조사한 사건에 대해 순서대로 설명하겠습니다. 이런 장소라는 점은 양해 부탁합니다. 혹시 옛 세상에서 추리 소설을 읽은 분이 계시다면, 이런 설명은 우선 범인이 잡히는 장면을 묘사하고 나서 제시된다는 걸 아실 겁니다. 하지만 여기는 옛 세상이 아니고, 이번 사건도 어디까지나 휴원시의 사건입니다. 그러니 순서가 바뀌어도 이상하게 생각하진 말아주십시오."

민아가 말허리를 끊었다.

"그게 중요한가?"

"아주 중요합니다. 어쩌면 그게 바로 이 사건의 전부일지도 모릅니다. 다만 배경 지식을 쌓아가야 이해되기 때문에 결론은 마지막으로 미루겠습니다. 먼저 사건부터 정리하죠."

추연은 종화의 이야기를 방해하지 않으려는 듯 미동도 하지 않고 앉아 있었다.

"이명서라는 건축가가 저희 사무소에 의뢰했습니다. 제 조수는 일을 접수하고 메시지를 기록했습니다. 메시지 내용은 이렇습니다. '난 암결의 피해자가 될 거다. 범인을 잡아달라.'"

강민아가 저도 모르게 끙 소리를 냈다.

"제 조수는 의뢰를 받으면 일의 성격을 어느 정도 가늠합니다. 우리 사무소가 맡을 일이라고 판단하면 저에게 넘기죠. 저는 메시지를 넘겨받자마자 조수를 제대로 뽑았다고 생각했습니다. 이명서 씨가 거짓말을 하지 않았다면 이건 반드시 접수해야 하는 사건이었습니다. 아시다시피…."

수만이 손을 들었다.

"암결 사건은 꼭 맡는다고?"

"넌 입 다물고 있어!"

민아가 소리치자 수만이 입을 삐죽 내밀었다.

"여러분은 다양한 이유로 이번 사건에 깊이 관계된 분들입니다. 궁금하거나 제 추론에 이상한 점이 보이면 언제든지 말씀해주십시오. 무의미하거나 곧 전부 설명될 의문이라면 제가 알아서 무시하겠습니다. 방금 그 질문은 이야기가 끝나면 불필요하다는 게 밝혀지니까 넘어가겠습니다. 괜찮겠지?"

수만이 입술을 비죽 내밀고 의자에 몸을 묻었다.

"그럼 얘기를 이어가죠. 아시다시피 민간조사는 계약이 성립돼야 시작합니다. 법적 문제가 생기기 쉬우니까요. 하지만 그게 아니더라도 저는 반드시 이명서 씨를 찾아가야 했습니다. 제 손에 들어온 메시지는 단 두 문장뿐이지만 아주 함축적이었습니다. 사실 그 점을 알아챌 수 있는 사람은 많지 않습니다. 적어도 휴원시의 역사와 백서를 정독하고 이해한 사람만 가능하기 때문입니다. 이수만?"

"뭐. 왜."

"암결이 뭐지?"

수만은 민아의 눈치를 잠깐 살피고 구속구가 허용하는 한에서 최대한 거들먹거리는 자세를 취했다.

"많은 사람이 죽어 마땅하다고 생각하는 사람에게는 정말로 죽음이 찾아온단 거지. 밝은 대낮에 판사놈들이 얼마나 엉망으로 판결을 내리는지 알지? 휴원시에 와서 새로 판사가 된 놈들도 그 짓을 반복하고 있잖아. 진짜 나쁜 놈들은 법정에서 멀쩡히 걸어 나간다고. 하지만 다수가 죽이고 싶을 만큼 사악한 놈들은 어둠이 진짜 판결을 내려준단 거지. 그래서 암결이란 이름이 붙었고."

"넌 그게 말이 된다고 생각해?"

"말이 안 되면 어때. 그러다가 내가 정말로 싫어하는 놈이 죽으면 기분 좋잖아."

종화가 질문을 이어가자 수만의 목소리가 조금 잦아들었다.

"그런데 왜 암결을 무서워하지?"

"뭔 개소리야! 내가 언제…."

종화는 윽박지르는 것으로 오해하지 않도록 목소리를 가라앉혔다.

"내가 암결을 물리쳐주겠다고 하니까 단숨에 백야로까지 날아와서 부탁을 들어줬잖아. 괜찮아. 인정한다고 해서 휴원시 서세로 일대를 무대로 삼는 범죄조직의 두목이 겁쟁이라고 비웃을 사람은 없거든. 저기 인상을 잔뜩 쓴 형사님은 어떤지 알아? 암결 같은 건 개소리라고 생각하지만 한편으론 어떡해서든 그게 없다는 걸 정말로 증명하려고 탐정을 고용했지. 휴원시에서 제일 싫어하는 직업이 탐정인데도 말이지."

강민아는 얼굴색이 감기에 걸린 카멜레온처럼 엉망이었지만 간신히 호통을 참고 있었다.

"자, 암결은 말이 안 돼. 그런데 사람들은 왜 무시하지 못하고 무서워할까?"

수만은 겁쟁이 동료가 하나 더 늘었다는 사실에 마음이 놓였는지 종화를 똑바로 마주 보고 말했다.

"휴원시는 우리가 원했던 세상이니까."

종화가 고개를 끄덕였다.

"그겁니다, 여러분. 누가 암결이란 이름을 붙였는지는 모릅니다. 하지만 우리는 암결이 뭔지 듣자마자 그런 건 불가능하다고 생각합니다. 미신이나 저주 같은, 옛 세상에나 있었던 단어들이 떠오르니까요. 그런데 점심시간에 친구에게 암결에 대한 소문을 듣고 밤에 졸려서 눈을 감으면 어떤 사실이 스멀거리면서 떠오르는 겁니다. 우리가 입주하기 전에 본성 스캔을 했다는 사실이."

추연이 천천히 고개를 들었다.

"주거자들은 본성 스캔을 통해서 원하는 바를 휴

원시에 자료로 제공했죠."

"맞습니다. 휴원시를 만들려면 엄청난 돈이 필요합니다. 보수주의자들의 돈만 받거나 특정 축구팀이 축구계를 정복해야 한다고 믿는 사람들의 돈은 내치는 식으로 가릴 수가 없었습니다. 종교인들은 어쩔 수 없었습니다만. 어쩌면 거기에 이상적인 세계상 같은 희망 사항까지 끼어들었을지 모릅니다. 어쨌든 설계자들은 자신들의 정치적 성향이나 사악한 의도가 개입되지 않는다는 걸 보장하기 위해 전용 인공지능을 만들고 본성 스캔을 시행했습니다. 인공지능은 가능하면 입주자가 원하는 바를 세계의 규칙에 반영하는 코어 코드를 만들었죠. 아마 기억하는 분도 계실 텐데, 그 코어에는 '소망엔진'이라는 별명이 있었습니다. 소망엔진은 정말로 우리가 원하는 세상을 만들어주었습니다. 우리가 옛 세상의 직업과 신분을 기억에서 제거하고 입주하게 된 것도 소망엔진이 작동한 결과였죠. 가장 많은 입주자가 그러길 바랐거든요. 엔진은 지금도 열심히 돌아가고 있을 겁니다. 그러지 않으면 세상이 멈출 테니까요."

종화는 수갑 찬 손으로 탁자 위에 놓인 물통을

집었지만 마개를 열지 못했다. 추연이 도와주고서야 간신히 목을 축일 수 있었다.

"그 엔진이 죽음과 살인의 소망까지 들어준다면 암결도 가능한 거 아닐까? 수많은 사람이 그 생각을 떠올렸기 때문에 암결에 대한 소문이 널리 퍼졌던 겁니다. 혹시 다른 의견 있으신 분?"

앞으로 나서는 사람은 아무도 없었다.

"그래서 저는 고 이명서 씨를 반드시 만나야 했습니다. 메시지에 뭐라고 적혀 있었습니까? 나는 암결의 피해자가 될 거다. 즉 소망엔진이 죽음의 소망을 언제, 누구에게 실현할지 알고 있단 뜻이 됩니다. 그다음 말은 더 충격적이었습니다. 범인을 잡아달라. 소망엔진이 누군가에게 조종받고 있거나, 누군가 암결을 제 뜻대로 발휘할 수 있단 겁니다."

"씨발."

수만이 저도 모르게 욕한 것을 사과하듯 살짝 고개를 숙였다.

"동네 담벼락에 적힌 낙서나 한밤중에 취객이 외친 소리라면 완전히 무시했을 겁니다. 그런데 의뢰자는 네임드북에 버젓이 실린 저명인사였습니다. 게 다가 만만한 유명인이 아니었죠. 휴원시의 랜드마크는 거의 다 이명서 씨 손을 거쳤습니다. 도저히 그냥 지나칠 일이 아니었습니다. 이명서 씨는 최대한 빨리 만나자고 재촉했고, 저도 바라는 바였습니다. 그날 바로 약속장소인 뉴트리 타워로 달려가보니… 이명서 씨는 이미 사망한 뒤였습니다. 추연 씨, 현장을 구체적으로 설명해도 될까요?"

추연이 고개를 끄덕였다.

"시신 상태는 괴이했습니다. 처음에는 신종 퍼포먼스가 아닌지 의심할 정도였습니다. 인간을 공업용 선반에 올려놓고 정밀하게 측정한 뒤 절반으로 깔끔하게 자른 것처럼 반쪽 시체만이 남아 있었습니다. 남은 반쪽이 사무실 바닥에 묻혀 있는 것처럼 보였죠. 핏자국은 전혀 없었고 외부인이 침입한 흔적도 없었습니다. 저보다 먼저, 저기 서 계신 형사님과 동료들이 현장을 조사하고 있었죠. 계약서에 서명도 하기 전에 의뢰인이 사망했기 때문에 적당히 핑계를 대고 물러나려는데 형사님이 뜻밖에도 범인을 찾아달라고 의뢰를 하셨습니다. 그때는 숨겼지만 사실 형사님이 그 자리에서 내쫓았어도 저는 사건의 전말이 밝혀질 때까지 조사했을 겁니다. 이명서 씨 사건은 저와 개인적으로 연관이 있었거든요."

"역시 피해자와 아는 사이였구먼! 탐정이란 새끼들은!"

종화는 반사적으로 달려들려는 민아를 두 손으로 제지했다.

"아뇨. 몰랐습니다. 저도 이명서 씨의 유족을… 자택을 방문해보고서야 알았으니까요. 추연 씨에 따르면 이명서 씨는 무언가를 크게 고민했고, 민간조사원 중에서도 오직 저만이 해결할 수 있다고 생각했답니다. 그래서 저는 이번 사건이 휴인시의… 그러니까 우리가 사는 이 세계의 구조 및 논리와 연관됐다고 결론을 내렸습니다."

민아는 주먹 대신 얼굴을 들이밀고 따졌다.

"잠깐만. 왜 얘기가 그렇게 되지? 도중에 뭔가 뭉텅 생략됐잖아. 도대체 네가 뭔데 이 세계의 구조까지 들먹여야 돼?"

종화가 한 걸음 뒤로 물러섰다.

"옛 세상이든 휴원시든 모든 범죄는 세상의 구조 및 원리와 직결됩니다. 지문도, 알리바이도, 법의학도 따지고 보면 물리와 화학이라는 세계 원리에 따르는 현상이고 거기에 새 이름을 붙인 것뿐이니까요. 휴원시는 디지털로 만든 세계라 많은 원리를 생략했지만 여전히 다양한 법칙에 따라 돌아갑니다. 그래서 민간조사원과 경찰은 상세 매뉴얼에 해당하는 백서를 공부해야 하죠. 하지만 이번 사건이 저와 연관됐단 건 그런 추상적인 의미가 아닙니다."

종화는 잠시 망설이다가 말했다.

"지금부터 제가 하는 얘기는 절대로 남에게 전하지 말아주십시오. 제 조수한테도요. 특히 그 친구가 알아선 안 되거든요. 저는 암결 현상을 눈으로 볼 수 있고, 피해자가 죽기 전에 접촉할 수 있다면 쫓아낼 수도 있습니다."

사랑하는 이의 죽음을 요약하는 내내 딱딱하게 굳었던 추연의 눈매와 입꼬리가 꿈틀거렸다. 수만과 민아는 각자 다른 식으로 놀라움과 불신을 표현했다. 종화는 지금까지 자신이 맡아왔던 사건을 어떻게 해결했는지, 사람 살리는 탐정이란 별명이 왜 붙었는지 설명했다. 수만은 얼마 전 백야로에서 종화와 맺었던 구두 계약을 재확인하려 들었다.

"그럼 뭐야. 넌 걸어 다니는 암결 백신 같은 건가?"

"암결은 바이러스가 아니야. 그랬다면 휴원시가 멸망했겠지. 어디까지나 추측에 지나지 않지만, 나라는 오브젝트와 일정 수준 이상으로 정보를 교환한 사람은 암결 로직에서 예외로 처리되는 방식일 거야."

"그이는 거기까지 알았던 거군요. 그러니까 탐정님만이 문제를 해결할 수 있다고 말했겠죠."

종화는 고갯짓으로 추연의 말에 동의했다.

"그래서 우리는 이 세계에 대해 몇 가지 사실을 알게 됩니다. 백서는 어디까지나 기술적인 문서입니다. 말하자면 휴원시의 하드웨어적인 사양이 적혀 있죠. 그 하드웨어가 무엇을 할 수 있는가. 우리가 원하는 세상을 만들어줍니다. 그럼 우리는 어떤 세상을 바라는가. 글쎄요? 경찰서 취조실에 고작 네 사람이 모여서 알아낼 만큼 만만한 질문은 아니겠죠. 그런 문제는 전문가를 자처하는 사람들이 있으니 그쪽에 맡겨둡시다. 대신 우리가 풀 수 있는 의문부터 해치웁시다. 예를 들어서, 이명서 씨는 누가 죽였는가. 조금 전에 말씀드린 것처럼 이 의문은 세계의 구조와 직결됩니다. 그리고 답은 생각보다 가까운 곳에 있었습니다."

종화가 추연을 바라보자 먼저 수만이, 그다음에 민아가 시선을 좇았다. 민아가 눈을 크게 뜨고 소리 쳤다.

"이 사람이, 아니, 이 동거… 이게 범인이라고?"

"어이, 형사님 너무 한 거 아닙니까? 여기가 어떤 세상인데 동거자한테 '이거'라니. 나 같은 놈도 그런 짓은 안 해요."

"전 그 사람을 죽이지 않았어요."

추연이 담담하게 말했다.

"저도 그렇게 말하지 않았습니다. 해답이 추연 씨 한테 있다는 뜻입니다. 잠시만 야만적인 옛 용어를 쓰겠습니다. 추연 씨는 건물에 탑재된 인공지능이 아닙니다. 인공지능으로 빚은 건물입니다. 얼핏 생각 하면 건축 대가니까 가능한 일일지 모르나, 이건 명 백하게 규정 위반입니다. 휴원시 행정법에 따르면 동 거자는 입주 전에 만들어야 합니다. 안 그러면 삭제 됩니다. 그런데 추연 씨는 지금 여기 존재합니다. 앞 으로도 사라질 것 같지 않고요."

"뭘 얘기하는 건지 이제 알겠어. 또 예외군. 너도, 이명서도, 저 동거자도."

"그게 다가 아닙니다. 휴원시에는 여러 가지 이유로 옛 세상과 다른 원리가 있다고 얘기했죠? 휴원시에서 사람의 사망과 탄생은 아주 중요한 사건이기 때문에 다른 사건보다 우선권을 갖고 확정됩니다. 살아 있는 동시에 죽은 사람이 발생하지 않도록 2초라는 시간 여유를 두게 되어 있죠. 하지만 검시 결과 이명서 씨는 '즉시' 죽었습니다. 이건 행정법을 어긴 정도가 아닙니다. 이 세상의 물리법칙을 무시한 겁니다. 다시 말해서 이번 사건은, 저를 포함해서 이상 현상의 종합선물세트입니다."

추연은 동거자답게 이야기의 요점을 즉시 파악했다.

"그래서 결론이 뭔가요, 탐정님? 휴원시라는 세상은 이제 제대로 작동하지 않으니 곧 전체적인 문제가 생기고 작동을 멈추기라도 한단 말인가요?"

"그것도 하나의 결론일 수 있겠죠. 정말로 그럴지 모릅니다. 그런데 전 나름대로 이름값이 있는 직업인이란 말입니다. 지금까지 해결하지 못한 사건이 없었습니다. 아무리 괴상하다곤 해도 의뢰는 완수해야 할 거 아닙니까. 그래서 세상 멸망에 비하면 사소

한 첫 번째 문제로 돌아왔습니다. 범인은 누구인가? 그런데 이상 현상에 잔뜩 덮여 있다 보니 단서라고 할 게 영 보이지 않았습니다. 다른 방향에서 볼 수밖에 없었죠. 자, 범인은 왜 그렇게 이명서 씨를 죽였을까요? 혹시 그 목적은 벌써 달성된 게 아닐까요? 지금 우리는 어떤 상태에 있습니까? 이 세상이 엉망이라는 결론에 도달했죠? 혹시 범인은 이걸 노린 게 아닐까요?"

강민아가 수만과 똑같은 욕지거리를 발성했다.

"알아채셨고, 동의하시는군요. 이명서 씨는 물리법칙을 어기고 추연 씨를 만들 만큼 이 세상에 관한 전문가입니다. 그래서 이상 현상을 겪는 민간조사원을 불러놓고 온갖 서커스를 부린 겁니다. 문제의 2초, 이른바 데스넘버가 깨지고 0으로 보이도록 오차 보정을 계산해서 정확한 순간에 자살한 겁니다. 본인 시신을 절반으로 나눈 것도 그런 과정의 일환이라고 생각합니다. 아마 이명서라는 복사체를 둘로 나눠서 하나는 사무실에, 하나는 건물 속에 흩어 넣은 뒤 2초 차이를 두고 자살한 것 같습니다. 타이머라도 사용했겠죠. 건축가가 아니라서 정확히는 모르겠지만. 검증은 경찰 쪽 전문가에게 맡기겠습니다."

민아는 종화의 말이 끝나자마자 담당 부서로 전화를 걸었다. 종화는 통화가 끝날 때까지 조용히 기다렸다.

민아가 말했다.

"자, 자. 이명서 씨 사건에 대해서 가장 그럴듯한 가설이 나온 것 같군. 이제 추연 씨는 돌아가셔도 됩니다. 나머지 두 사람은 별건이 남았으니 구치소에서 며칠 썩어야겠고 나는…."

종화가 민아의 말에 끼어들었다.

"아직 안 끝났습니다."

"방금 내 통화 못 들었어? 경찰청 전문가가 정말 그런 식으로 데스넘버를 속일 수 있는지 시연해보고 연락할 거야. 그리고 나는 범인을 찾아달라고 의뢰했잖아. 해결됐으니까 보수는 사비로 지급할 거야. 뭐가 더 남았는데? 혹시 자살이 아닐 가능성도 있어?"

"아뇨. 자살이라고 확신합니다. 이제 우리는 범인이 누구인지, 어떻게 사건을 벌였는지 알았습니다. 그럼 이유도 알아야 합니다. 이렇게 당연한 일을 형사님이 모를 리가 없습니다."

"괜히 이상한 소리 하지 마! 사람이 왜 자살을 하겠어. 우울증이든, 직업적인 번아웃이든, 인생에 회의를 느꼈든, 뭐 그런 거겠지."

"정말로 그렇게 적으실 겁니까? 그런다면 이번 사건도 미제사건과 다를 바가 없는데요."

종화는 추연과 나눴던 대화를 떠올렸다. 이명서는 추연을 만들었던 날에도 이미 세상의 기원을 걱정하고 있었다. 옛 세상에서 사람은 다양한 이유로 자살했다. 탐구심이나 호기심은 자살이 아니라 행동을 이끄는 원동력이었다. 경찰은 사망 사건을 접하면 의례적으로 묻는 말이 정해져 있었다. 설사 명백한 타살이라 해도 용의자의 범위를 좁히기 위해 고인의 삶에 이상한 점이 있었는지 물어야 했다. 추연이 그 사실을 민아에게 얘기하지 않을 리가 없었다.

추연이 원망하는 눈길로 민아를 바라보았다.

"내가 이런 말을 할 입장인진 모르겠지만, 형사 양반, 내가 보기에도 이상해."

수만이 비아냥거렸다.

민아는 세 사람의 시선을 전부 외면했다. 그때 누군가 취조실 문을 두드렸다. 민아가 문을 열자 형사한 사람이 고개를 들이밀었다.

"지명 수배자 둘이 시내에서 목격됐다고 나와달래. 아직 안 끝났어?"

민아는 곧장 대답하지 않았다. 동료 형사는 문고리를 잡은 채 민아의 얼굴을 들여다보았다.

"…이거 보통 건이 아닌 것 같아."

"어, 그럼 우리 먼저 갈게. 끝나면 전화해."

문이 닫히자 민아가 한숨을 내쉬고 천장을 바라보았다.

"어디 속이 다 풀릴 때까지 계속해봐."

종화가 고개를 끄덕였다.

"시간이 많지 않기 때문에 지금부터는 불필요한 얘기를 생략하겠습니다. 이명서 씨는 암결의 근원을 파헤쳐달라고 호소하기 위해서 자살했습니다. 제가 생각하기에 암결은 소망엔진의 산물이고, 소망엔진은 휴원시의 근간입니다. 그게 없으면 휴원시도 없습니다. 형사님은 제 얘기를 듣다가 윗사람들이 암결과 연관된 사건을 모조리 미제로 돌리고 입을 다문 이유를 깨달은 겁니다. 괜히 들쑤셨다가 진짜로 소망엔진에 문제가 있음이 밝혀지면 우리는 어떻게 해야 할까요? 우리 힘으로 고칠 수는 있을까요? 세상에 근본적인 결함이 있다는 사실을 알고 예전과 같이 살아갈 수 있을까요? 그러느니 아예 안 건드리는 게 낫지 않을까요? 그렇게 생각하셨죠. 아닙니까?"

민아가 아랫입술을 잘근잘근 씹었다.

"내가 이래서 머리가 잘 돌아가는 탐정을 싫어하는 거야."

"하지만 처음에는 모조리 들춰내고 싶으셨죠. 혹시, 가까운 사람 중에 누군가…"

"내가 잘못했어. 그러니까 그 정도만 하고 다음 얘기로 넘어가."

"…알겠습니다. 이제 남은 논리 문제도 얼마 없습니다. 우리는 새 삶을 살려고 만들어진 복사체입니다. 휴원시에 입주하면서 새 직업을 선택하고 교육을 받았죠. 그런데 이상하지 않습니까? 이명서 씨는 어떤 교육을 받았길래 세계 원리에 어긋나는 건물을 만들 수 있었을까요? 휴원시는 운영체제와 그 생산물의 총합입니다. 운영체제는 보안을 위해서 이용자의 등급을 나눕니다. 이 세상에는 에너지 등급만 있는 게 아니란 얘깁니다. 이명서 씨는 데스넘버를 마음대로 농락했습니다. 즉 우리보다 어떤 등급이 높은 사용자입니다. 여러분, 입주할 당시를 떠올려 보시죠. 직업을 고를 때 시스템 수정 권한이 생기는 관리자가 되겠냐는 선택지가 있었습니까? 없었습니다. 당연합니다. 아무나 시스템을 휘저으면 안 되니까요. 그럼, 이명서 씨는 왜 달랐을까요? 저는 이 의문을 해결하려고 시청에 가서 주무관을 만났습니다. 주무관은 옛 신분에 대한 자료가 시청에 없다고 확실히 대답했습니다. 하지만 시청이 권한으로 들여다볼 수 없는 어딘가에는 남아 있을지도 모른다고 하더군요. 그 순간 저쪽에서 제가 도달한 결론을 알아챘습니다. 하지만 암결은 효과가 없으니까 결국 일반적인 세계 원리에 따라 저를 죽이려고 청부살인업자를 보냈죠. 나머지는 아까 형사님께 진술한 그대로입니다."

수만이 자리에서 벌떡 일어나자 쇠사슬이 요란하게 덜컹거렸다.

"그런 거물하고 싸우는 데에 날 끌어들였다고? 돌아버리겠네."

"저쪽이라는 게 범인인가요? 그 사람을 자살하게

만든 범인?"

추연이 묻고 종화가 고개를 끄덕였다.

"이제 결정을 내릴 때가 됐습니다. 우리 세상의 결점이라고 불러도 좋고 저쪽이라고 해도 상관없지만, 저는 대면하러 갈 생각입니다. 의뢰도 마무리 지어야 하고 개인적인 문제도 해결해야 하니까요. 여러분은 함께할 필요 없습니다. 안전을 생각한다면 안 따라오시길 권하겠습니다. 앞으로는 이 문제를 생각하지도 마십시오. 이 세상이 어떤 힘을 가졌는지 모르거든요."

"하지만 누군지는 안다 이거지?"

민아가 물었다.

"예. 정확히 말하면 어디로 가야 하는지 압니다. 봤으니까요."

"그게 어디야?"

종화가 두 손을 앞으로 내밀었다.

"알면 그 즉시 표적이 될지도 모릅니다. 그냥 제 수갑만 풀어주십시오. 혹시 제가 살아남으면 여기로 돌아오겠습니다."

"잠깐 기다려."

민아가 취조실 밖으로 나갔다가 잠시 후 돌아왔다. 수만에게 건네받고 압수당한 권총이 민아의 허리춤에 꽂혀 있었다. 민아가 종화의 수갑을 풀었다.

"형사 양반! 나는?"

"넌 얌전히 여기 있어. 추연 씨는 집으로 돌아가세요. 이 친구랑 갔다 와서 누가 범인이었는지 알려드리죠."

추연이 일어서서 종화의 곁에 섰다.

"두 분이 모두 죽으면 영원히 진실을 알 수 없겠네요. 따라갈게요."

수만이 쇠사슬을 위아래로 흔들며 소리치기 시작했다.

"와! 경찰님들! 여기 형사가 용의자랑 작당하고 풀어주는데요? 경찰님들!"

민아가 품에서 자신의 권총을 꺼내 치켜들자 수만이 반사적으로 얼굴을 가렸다.

"그러니까 나도 같이 데려가라고!"

"도망칠 게 뻔한데 미쳤어? 한 대 세게 맞고 얌전히 뻗어 있어."

"그렇게 엄청난 조직이 구역을 장악하는데 눈 감

고 살라고? 언제 죽을지 몰라서 벌벌 떨면서? 차라리 어떤 놈인지 봐야겠어. 그래야 개겨보기라도 할 거 아냐! 데려가, 응? 내가 당신보단 더 잘 싸울걸?"

민아가 휴원시에 보편적으로 알려진 욕을 순서대로 나열하며 수만의 구속구를 풀었다. 수만은 뻐근한 날갯죽지를 풀며 바짝 따라붙었다. 종화 일행은 민아의 안내에 따라 경찰서 후문을 통과하고 주차장에 도착했다. 민아가 경찰차를 한 대 끌어와 종화와 다른 두 사람을 태웠다.

"어디로 가면 돼?"

"정말 갈 겁니까? 세 사람 다?"

민아가 운전대를 잡은 손에 힘을 주었다.

"시간 없다면서. 빨리."

"서면예배당으로 가시죠."

"거기 그 사람을 죽인 범인이 있군요."

추연이 말했다.

"예."

그 순간 관자놀이를 가르는 것 같은 통증과 함께 한 번도 들어본 적 없는 짐승의 울부짖음이 종화의 귀를 때렸다. 예배당을 품고 있던 검정 괴조가 17년이라는 세월을 떨치듯 커다란 날개를 치켜들고 있었다. 예배당은 다른 건물에 둘러싸여 보이지 않았지만 종화의 귀에는 검은 깃털이 공기를 가르는 소리가 또렷하게 들렸다.

검정 새가 우리에서 탈출하듯 양 날개를 활짝 펴자 그 끝이 휴원시의 경계에 가 닿았다.

"저, 저게 뭐야?"

종화는 누군가 제 심장을 움켜쥐는 것 같은 충격을 받았다.

"저게 보입니까?"

대답은 들을 필요가 없었다. 민아와 수만과 추연이 하늘을 쳐다보고 있었다. 차 지붕이 눈 앞을 완전히 차단했지만 그들의 눈은 공포에 잠겨 있었다.

그중 가장 먼저 정신을 차린 사람은 민아였다. 민아는 차의 출력을 최고로 끌어올렸다. 안전벨트를 매기 전이라 탑승자 전원의 몸이 휘청거렸다. 차는 하늘을 뒤덮는 새로부터 탈출하기 위해 전력으로 질주했다. 하지만 새가 훨씬 빨랐다. 종화는 크고 위협적인 발톱이 전방 유리창을 부술 듯 덤벼드는 것을 보았다. 그러고는 날카롭고 눈이 쓰라릴 만큼 경계가 또렷한 어둠이 차를 가득 채웠다. 찐득하고 악취가 나는 액체가 입과 코를 틀어막는 것 같았지만 호흡곤란은 오래 가지 않았다. 종화는 질끈 감았던 눈을 뜨고 두리번거렸다.

"진짜네. 너 진짜였어."

수만이 감탄하면서 종화의 어깨를 두드렸다.

차는 여전히 달리고 있었다. 새에게 습격당하면서도 운전대를 놓지 않은 민아 덕분이었다. 종화는 차창 밖으로 상황을 살폈다. 오후 다섯 시가 막 지나 축제가 시작될 무렵이었으므로 분명 태양이 떠 있을 텐데도 사방이 어두웠다. 암결의 힘이 차를 둘러쌌지만 집어삼키지는 못하고 있었다. 종화는 크고 반투명한 어둠의 호박석 너머로 축제를 즐기러 거리에 나온 사람들의 모습을 식별할 수 있었다. 행인들은 경찰차의 존재를 전혀 인지하지 못하고 웃으며 떠들었다. 종화는 바닷속을 관통하는 잠수정에 탄 것처럼 거리와 격리되어 있었다.

"탐정님…"

추연의 부름에 종화가 추연을 바라보았다. 거머리처럼 달라붙은 검정호박석이 추연의 몸 곳곳을

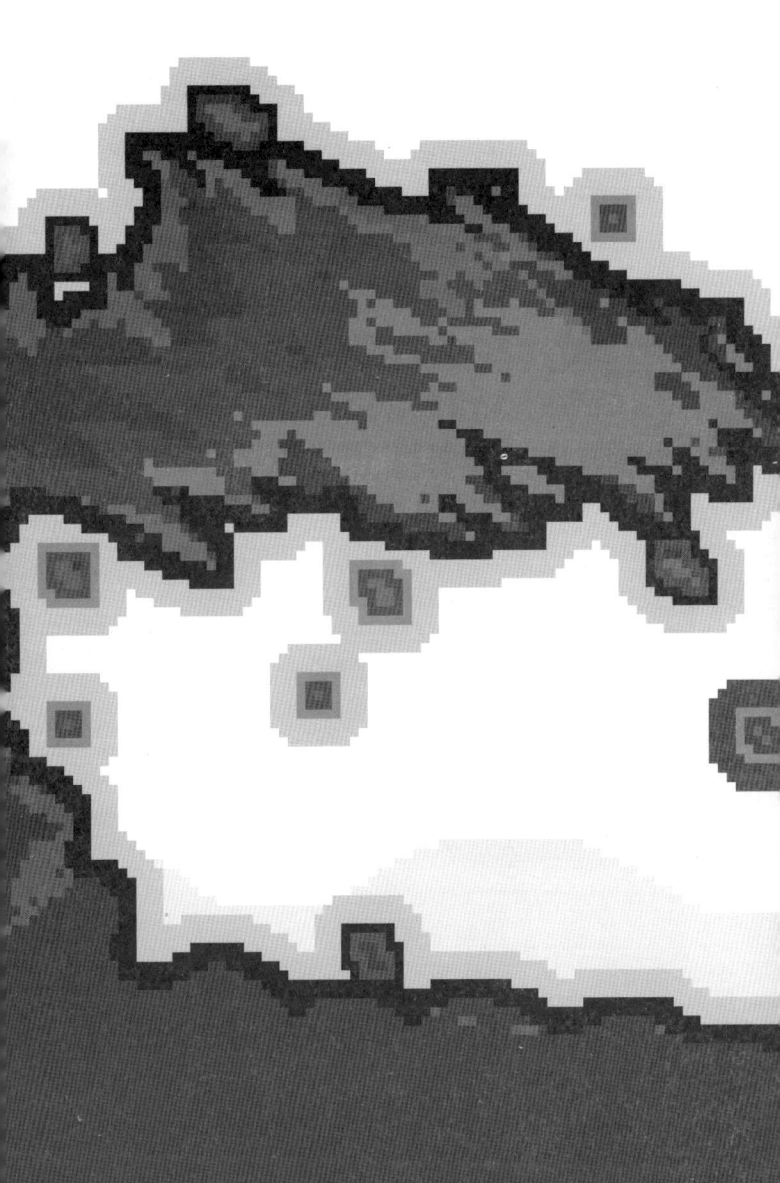

좀먹고 있었다. 종화가 자신의 면역력을 발휘하려고 손을 대보았지만 효과가 없었다.

"꼭 범인을…."

추연은 호박석에 완전히 흡입되고 어둠과 함께 소멸했다. 종화의 손은 조금 전까지 추연이 차지했으나 지금은 아무것도 없는 공간을 무의미하게 휘젓고 있었다.

7

 재질을 알 수 없는 인공 꽃가루가 날리며 채도가 사라지고 어둠이 그 자리를 차지하는 저녁 하늘을 알록달록 수놓고 있었다. 축제 기간에 한정해 영업 허가를 받은 노점상들이 불과 물과 향신료로 조리한 음식을 흔들며 손님을 유혹했다. 사심 없이 웃고 놀고 즐기는 사람들이 종화 일행에게는 통과하기가 만만치 않은 장해물이 되었다. 검은 새는 더 이상 해를 끼치지 못하자 세 사람을 휴원시 시민들의 지각으로부터 차단하는 데에 만족하는 듯했다. 하지만 물리적인 존재까지 지우지는 못했기 때문에, 차로 무고한 희생자를 들이받지 않으려면 차에서 내려 걷는 수밖에 없었다. 그것만으로도 충분하지 않아 그들을 볼 수 없는 시민들과 부딪치는 상황을 피하다 보니, 세 사람은 통행하는 사람이 없는 갓길이나 뒷골목으로 이동해야 했다.

"그 사람은 왜 못 살린 거야?"

수만이 경찰서의 압수품 보관함에서 가져온 장검을 손에서 놓지 않고 물었다.

"휴원시가 무결성 검사 수준을 올렸을 거야."

"오, 이건 또 형사님 전문분야인가? 그 검사란 게 뭔데?"

"나도 이론으로만 배웠지 눈 앞에서 보는 건 처음이야. 휴원시는 소프트웨어이기 때문에 완벽할 수 없어. 해킹당할 가능성이 늘 있단 얘기지. 휴원시는 사례를 모았다가 정기적으로 허점을 수정해. 추연 씨는 그 허점 하나를 이용해서 살고 있었으니까 삭제… 죽었겠지. 탐정이 가진 힘도 거기까진 못 미치나 봐. 그런데 이상해. 무결성 검사는 보통 12월 31일 심야에 조용히 실행되는데."

종화는 처음 예배당과 검은 새를 발견했을 때부

터 품었던 의심을 털어놓았다.

"저 때문입니다."

"허. 네가 세상의 부조리함을 들춰내서 죄 없는 사람이 죽었다, 뭐 그렇게 애들처럼 칭얼거리려고? 그런 식이면 나는 지금까지 수사하면서 수십 명은 더 죽였을 거야. 말도 안 되는 얘길 억지로 엮어서 죄책감을 만들어봐야 범인만 유리해져."

"나도 이번엔 형사 쪽에 한 표. 맞는 말이야. 예배당이 얼마 안 남았으니까 그거나 신경 쓰자고."

종화는 수만이 주었던 총에 탄환이 제대로 장전됐는지 확인하고 말했다.

"나도 나름대로 휴원시에서 별의별 사건을 다 겪었어. 아예 죄책감이 없다곤 못하지만 그런 거로 늑장 부리진 않아. 그저 이번 사건은 양방향으로 작용한단 생각이 들어서 그래."

"뭐냐, 또 안 좋은 얘기냐."

"지금까진 나라는 복사체가 우연히 휴원시의 허점과 연결됐고 덕분에 많은 걸 알았다고 생각했어. 그런데 그 반대이기도 하다면? 저쪽도 나를 통해서 이쪽을 본다면?"

수만이 어둠 속으로 침을 뱉었다.

"어디서 들어본 것 같은데. 내가 심연을 보면 심연도 나를 본다, 그런 거지? 영 불길하네. 지금 이쪽이 뭘 하는지 적이 알 수도 있단 거 아냐."

민아가 품속에서 권총을 꺼내 두 개의 가로등 사이 어둠 속을 겨눴다.

"어느 쪽이든 탐정이랑 같이 가야 오래 살 가능성이 커. 안 그러면 암결 때문에 그 자리에서 죽을 수도 있어. 당면한 문제부터 해결하자고."

죽음의 기운은 피아를 식별하는 모양이었다. 첫 번째 적은 광원 사이에 생기는 맹점을 이용해서 습격했고, 암결 안으로 뛰어들어도 무사했다. 민아가 가로등 램프의 위치를 확인한 다음 눈을 감고 총을 쏴 맞추자 주위가 어두워졌다. 어둠에 눈을 적응시켜 놓은 덕분에 첫 번째 적을 사살하는 것은 어렵지 않았다. 종화는 근처 담벼락 뒤로 몸을 숨기고, 두 사람에게 다수의 적이 한꺼번에 집중하지 못하도록 엄호사를 맡았다. 실체가 있는 적을 상대하다 보니 날개가 있는 수만은 막강한 전력이 되었다. 수만은 길거리 난투극과 총격전을 여러 차례 경험했는지

빛과 그림자와 각종 시설을 제 편으로 활용하면서 적의 수를 신속하게 줄여나갔다.

종화와 민아가 다시 합류해서 재장전하는 동안 높이 날아올라 주변을 살핀 수만이 내려앉았다. 수만은 흰 날개를 신경질적으로 휘둘러 피를 털어냈다.

"나중에 우리 조직이 습격받으면 꼭 와서 도와줘. 생각보다 실력들이 괜찮네."

민아는 가장 가까운 곳에서 신음하며 죽어가는 습격자 한 명을 구둣발로 뒤집어 얼굴을 확인했다.

"축제에 지명수배자들이 보인다길래 무슨 일인가 했는데 전부 여기 있었구먼."

"죽 쒀서 갖다 바친 거 아닌지 몰라. 이거 다 형사공으로 돌아갈 거 아냐?"

종화는 입씨름을 끝내지 않는 두 사람을 뒤로하고 빠른 걸음으로 나아갔다. 십여 명의 적과 정신없이 싸우면서 전진하다 보니 어느새 문제의 건물이 코앞이었다.

이제 서문예배당과 세 사람은 검정 새의 품에 함께 안겨 있었다. 종화가 늘 불안한 마음으로 지켜보았던 세 개의 첨탑은 너무 가까워진 탓에 잘 보이지 않았다. 그 대신 조개를 가공한 자개가 잔뜩 붙어 있는 예배당의 목단 벽과 검붉은 정문이 유난히 크게 느껴졌다.

옛 세상과 달리 예배당은 특정 종교를 상징하지 않았다. 당연히 스테인드 글라스나 십자가는 없었다. 종류를 불문하고 신심이 있는 사람들은 애초에 본성 스캔이나 복사체 제조에 극심한 거부감을 드러냈다. 휴원시 설계자들은 나중에 문제가 발생할 것을 걱정해 설사 희망한다 해도 종교가 있는 사람들만은 입주시키지 않기로 결정했다. 그러다보니 목표한 제작비가 늦게 마련되었지만 득실을 견주어 본다면 감수할 수밖에 없는 피해였다.

그럼에도 본성 스캔을 분석한 결과 막연하게 소원을 빌고 싶거나 정신적으로 쉴 곳을 원하는 사람이 많았다. 소망엔진이 그 뜻에 따라 휴원시에 도입하기로 결정한 시설이 바로 예배당이었다.

종화가 예상했던 바와 달리 예배당 문은 조금도 저항하지 않고 부드럽게 열렸다. 안에 들어찬 좌석들은 방문자가 서로 얼굴을 볼 필요가 없도록 최대한 벽 쪽을 향해 방사상으로 배치되어 있었다.

날개를 상의 안으로 완전히 숨긴 수만이 종화의 왼편에 섰다.

"쫓아오는 놈들도 없어. 이제 어떡하면 돼?"

가장 늦게 들어온 민아가 실내를 꼼꼼하게 둘러보았지만 안쪽으로 더 이어지는 문이나 계단은 보이지 않았다.

"여기 책임자는 어디 있는 거야?"

종화는 세 사람을 빼고 실내에 아무도 없다는 점에 주목했다. 지명수배됐던 청부살인업자들을 일일이 고용해서 물리적으로 공격한 걸 보면 예배당은 이미 모든 상황에 대비해 준비를 마친 것 같았다.

종화가 가까이에 있는 의자에 앉자 다른 두 사람도 적당한 곳에 자리를 잡았다.

"이쯤 됐으면 마무리 짓지 그래."

종화는 돔처럼 둥근 예배당 천장을 향해 말했다.

"아무래도 이런 식이 편하겠지?"

수만과 민아는 낯설고 가느다란 목소리에 몸을 움찔하고 돌아보았다. 언제부터인지 검고 장식이 철저하게 배제된 옷을 입은 인물이 근처 의자에 앉아 있었다. 민아는 경계를 늦추지 않고 조심스럽게 다가가 그 인물을 살펴보았다. 등은 질병이라도 앓고 있는지 위험할 정도로 굽은 상태였고 옷 밖으로 드러난 손과 얼굴의 피부는 근육이 없는 것처럼 뼈에 밀착되어 있었다.

이유를 알 수 없는 슬픔이 밀려왔다. 그 비애가 너무 강하고 진해서 민아는 저도 모르게 뒷걸음질 쳐 자리로 돌아왔다.

"넌 정체가 뭐야?"

수만이 물었다.

"글쎄, 나한테 무슨 이름을 붙이면 좋을까."

"그냥 본명을 대면 어때?"

등이 굽은 인물이 힘겹게 웃었다.

"그건 아직 일러. 한 가지 확인하고 싶은 게 있거든. 그래도 호칭이 없으면 불편할 테니까…. 그래, 원안이라고 불러. 딱히 틀린 이름도 아니니까."

"네가 소망엔진인가?"

종화가 묻자 자칭 '원안'이 웃음을 터뜨렸다.

"아니, 그런 거 아니야. 너희를 지금까지 보살피고 괴롭혔던 건 소망엔진이 맞지만 난 아니야. 얘기가 나와서 하는 말인데, 소망엔진이나 휴원시를 탓하진 말아줘. 그것들은 그저 설계된 대로 잘 작동했을 뿐이야."

"잘 작동했다고? 문제가 생긴 게 아니라?"

민아의 질문에 원안이 고개를 끄덕였다.

"암결로 사람들이 죽은 것도 정상이라고? 웃기지 마! 내 남편은 죽을 이유가 없었어! 뭔가 엄청나게 잘못된 거라고!"

"잠깐만 기다려봐. 나도 모든 걸 다 알진 못하거든. 조금 찾아보고… 이런, 그 탐정하고 같이 다니면서 눈치를 못 챘나 보네. 유감스럽지만 당신 남편은 죽기를 바랐어. 아주 절실하게. 소망엔진은 제대로 소원을 들어줬어."

"그럴 리가 없어. 도대체 왜, 뭣 때문에…."

"그것까진 나도 몰라. 소망엔진도 몰라. 사람이 죽기를 바라는 이유가 언어나 기호로 분석될 순 없잖아? 만에 하나 타인이 알 수 있다면, 그게 가능한 건 가장 가까이에서 사랑했던 사람이 아닐까. 바라던 답을 못 알려줘서 유감이야."

민아는 고개를 두 무릎 사이에 묻고 움직이지 않았다. 그 모습을 가만히 바라보던 수만이 입을 열었다.

"본성 스캔에 오류가 생기는 것도 가능한가?"

"응. 어떤 소프트웨어든 오류는 발생하니까."

"그럼 내 스캔에 문제가 없었는지 봐줘."

"무슨 문제?"

"내가 정말 범죄조직의 보스가 돼서 다른 사람을 죽이길 바랐나?"

"어디 보자… 어, 응. 네 스캔 과정과 결과엔 아무 문제도 없었어. 주석도 달려 있어. 그럴 잠재력이 충분하다는데."

"그런가. 씨발. 분명히 문제가 있다고 생각했는데."

"이번에도 마음에 드는 답이 아니었나 봐. 유감이야."

종화는 수만까지 말문을 닫은 뒤로도 한참을 기다렸다. 민아와 수만은 끝까지 남아서 도와주었기 때문에 아쉬움을 남기지 않고 모든 답을 듣고 그 뜻을 충분히 되새길 자격이 있었다.

"서종화 너는? 듣고 싶은 얘기가 없나? 없으면 난 여기서 나가고 싶은데."

종화는 수만과 민아를 다시 한번 보았다. 두 사람

은 자신의 내부로 깊이 가라앉아 나올 생각이 없는 것 같았다.

"이명서는 옛 세상에서 어떤 사람이었지?"

원안의 목소리가 지금까지와 달리 한 음조 높아졌다.

"그게 중요해?"

"중요해. 그걸 알아야 다음 질문도 알 수 있어."

"그래, 이런 상황에서도 탐정이라 이거지. 알았어. 왠지 이렇게 될 것 같았는데. 이명서는 이명서였어. 인간을 스캔해서 복사체를 만들고, 소망엔진과 휴원시를 만든 프로그래머였어."

종화는 안개에 완전히 잠긴 것 같았던 머릿속이 맑아지는 느낌이었다. 비로소 그간 모았던 정보들이 들어맞기 시작했다. 이명서는 옛 세상에서 휴원시를 코딩한 사람이었으므로 예배당의 벽을 세우고 삼투압으로 운영되는 뉴트리 타워를 만들고 추연까지 만들 수 있었다. 그는 이 세상에 대해 모르는 게 없어야 했다. 관리자의 복사체이면서 관리자 권한이 있었기 때문에. 그럼에도 불구하고 '이 세상의 기원에 대해' 고민했다. 그러다가 자살까지 해가면서 마지막으로 종화에게 그 역할을 떠넘겼다. 휴원시의 기원이 가장 중요한 문제였기 때문이다. 그 정보가 편집되어서 머릿속에 남아 있지 않았기 때문이다. 종화는 자신이 유추한 바를 한 글자도 빠지지 않고 고스란히 원안에게 얘기했다.

민아와 수만이 천천히 고개를 들고 귀를 기울였다.

"백서에는 거짓말이 있었어. 우리는 옛 신분만 지우고 입주한 게 아니야. 모든 입주자가 본성 스캔을 하고 복사체가 태어난 다음에 공통적으로 삭제된 기억이 하나 더 있었어. 심지어 관리자인 이명서도 그건 피하지 않았어. 완전히 지웠기 때문에 이 세상의 존재 방식에 논리적인 공백이 있었고 이명서는 그걸 못 견딘 거야. 그 공백은 휴원시를 만든 진짜 목적이지. 자, 대답해. 휴원시는 왜 만들어졌지? 우리는 알 방법이 없어."

원안이 앉은 자리에서 헛바람 소리가 터져 나왔다. 종화는 원안이 도망친 줄 알고 반사적으로 자리에서 일어섰다가 그렇지 않다는 걸 확인하고 앉았다. 원안은 심히 고통스러워하면서 웃고 있었다.

"인정할게. 너야말로 소망엔진이 만들어낸 완벽한 복사체야. 그래, 네가 말한 그대로야. 길게 설명할 필요도 없어. 나를 봐. 몇 살로 보이지?"

수만이 대답했다.

"여든? 아흔?"

"마흔셋이야."

"왜 그런 스킨을…아니, 가만. 넌 그럼…."

종화가 수만에게 말했다.

"저건 스킨이 아니라 본래 모습이야. 저 사람은 옛 세상에서 우리와 통신하는 거라고."

종화가 원안을 바라보았다.

"왜 그렇게 됐지? 조로증인가?"

"노화를 가속하는 바이러스에 감염됐어. 인수공통이기 때문에 인간뿐 아니라 수많은 동물까지 빠르게 죽어가고 있어. 인간 중에 비감염자는… 아마 없을 거야. 두뇌도 빠르게 노화했기 때문에 시간이 많지 않았어. 그나마 늦게 감염된 사람들이 전 인류의 자원을 모아서 인공지능을 만들고 그 인공지능으로 치료제를 찾자고 주장했지. 그런데 참여율이 아주 낮았어. 노화는 육체뿐 아니라 마음에도 영향을 미쳤거든. 할 수 없이 전략을 바꿨지. 비록 우리는 죽더라도 복사체를 만들고 그 복사체가 원하는 인생을 사는 디지털 세계를 만들자고 했더니, 세상에, 온 세상의 돈이 거의 다 모인 거야. 유감스럽게도 진심으로 신을 믿는 사람들은 거부했지만. 그래서 휴원시가 탄생했어. 전자적인 내세의 뒤안길에서 인공지능이 몰래 바이러스 치료를 연구하는 세계지. 어쩌면 모든 사람이 늙어 죽기 전에 치료제가 만들어질지도 모르겠네."

종화는 사건을 하나 맡을 때마다 머릿속에 가상의 화이트보드를 만들곤 했다. 그는 고전적인 방식대로 세 가지 색 마커로 보드 위에 관계도를 그리고 자료가 늘어날 때마다 착실히 분류했다. 이명서 사건의 관계도에는 그 자신도 포함되어 있었다. 많은 민간조사원과 마찬가지로 종화의 무기는 논리였다. 이제 화이트보드에 적어놓았던 물음표는 모두 사라지고 사건의 전모가 그 자리를 채웠다. 종화가 할 일은 머릿속 창고의 문을 열고, 더 이상 적을 내용이 없는 보드를 안에 집어넣은 다음 문을 잠그는 것뿐이었다.

"이제 가지. 다 끝났으니까."

종화가 일어서서 예배당 문을 향해 천천히 걸었다. 민아가 다급하게 종화의 앞을 막았다.

"끝나긴 뭐가 끝나? 더 물어볼 게 남았잖아."

"안 남았어."

"난 남았어."

민아가 원안을 쏘아보았다.

"복사체의 머릿속을 편집할 수 있으면서 왜 자살 같은 생각을 하게 내버려둔 거야? 그 정도 기술이라면 남을 죽이거나 내가 죽겠다는 생각 자체를 없앨 수도 있었잖아. 사람들이 원하는 세상이란 게 그렇게 중요해? 옛 세상과 똑같이 사는 게 그렇게 중요해?"

"서종화."

원안이 불렀다.

"넌 알고 있지?"

"그래."

"우리는 최선을 다했어. 그리고… 푸른색은 고통이 없다는 신호야."

종화는 입술을 씹고 두 주먹에 힘을 주었다가

풀었다.

"알려줘서 고마워."

"다시 휴원시와 통신하진 못할 거야. 이제 혀까지 잘 안 움직이거든. 지금도 기계를 이용해서 간신히 말하는 거야. 아마… 하루이틀이면 죽을 거야. 내 가족들은 전부 나보다 앞서 떠났어. 남은 시간이라도 그들을 추억하고 싶어. 이만 끊을게. 나머진 부탁해."

"그래."

등장할 때와 마찬가지로 원안은 순식간에 사라졌다. 종화는 원안의 퀭한 두 눈에 숨겨져 있던 고통이 제 주인보다 오래 그 자리에 남아 있다고 생각했다.

예배당의 조명이 모두 꺼져 의자와 바닥이 구분되지 않을 만큼 어두워졌다. 이윽고 문이 저절로 열렸다. 세 사람은 하는 수 없이 예배당 밖에서 벌어지는 축제의 빛을 향해 나아갔다.

방금 나눈 대화가 모두 환상인 것처럼 예배당을 제외한 휴원시에는 완선제 덕분에 생명력과 활기가 넘쳤다.

종화가 말했다.

"형사님, 이제 그만 서로 돌아가시죠. 너도 아지트가 됐든 뭐가 됐든 돌아가. 이제 암결은 두 사람한테 효과가 없을 테니까 두려워하면서 살지 않아도 돼."

"건방 떨지 마."

민아가 종화의 멱살을 잡았다.

"왜 소망엔진이 죽음까지 남겨놨는지 털어놔. 말 안 하면 널 가두고 고문이라도 할 거야."

"알면 후회할 겁니다."

"그건 내가 알아서 해."

"그럼 적어도 다 듣고 나서 저를 원망하진 말아주십시오."

민아가 손에서 힘을 빼고 종화를 풀어주었다. 종화는 남은 힘을 모으기 위해 예배당 계단에 걸터앉았다.

"바이러스 치료제와 백신은 기본적으로 단백질 구조를 재단하고 화학적 스위치를 조작해가며 만들어집니다. 휴원시는 지금도 보이지 않는 곳에서 수없이 조합을 만들고 있겠죠. 어떤 조합이 정답인지 아닌지 확인하려면 시뮬레이션이 반드시 필요합니다. 그걸 옛 세상에서 할 순 없었겠죠. 잘못되면 그나마 남은 사람들이 더 빨리 죽을 수도 있으니까요. 그래서 복사체를 이용하겠다고 생각한 겁니다. 그런데 문제는….”

종화가 한 손을 내밀었다. 민아와 수만은 손끝이 가리키는 곳을 바라보았다. 휴원시에서 태어난 게 분명한 아이가 부모의 손을 잡고 폴짝폴짝 뛰는 모습이 눈에 들어왔다.

“치료제가 발견되기 전에 인류가 전멸하면 남은 건 우리뿐이니까 전원을 실험대상으로 삼을 수도 없겠죠. 결국 우리도 그들과 똑같이 소중한 생명 아닙니까. 모르긴 해도 의견이 분분하고 싸움도 났을 겁니다. 우리가 그 상황이어도 그러지 않을까요? 그 결과 이 세상에 상호 모순적인 코드가 동시에 존재하게 됩니다. 다수결이나 자살 의지에 의해 죽은 사람은 시뮬레이션 대상이 됩니다. 그런 과정이 잔인하고 비인도적이라고 생각한 사람은… 소망엔진이 붙인 사망 태그를 지워버리는 저를 만들었습니다. 그러니까, 말하자면, 저는 앞으로도 계속 민간조사원 일을 하면서 사람 살리는 탐정이라는 별명을 유지해야겠죠. 이 세상을 위해서."

민아가 원하던 대답이 무엇인지는 종화도 알 수 없었다. 하지만 그가 넋을 잃은 사람처럼 터덜거리며 걸어가는 것으로 보아 당분간 휴식이 필요하다는 점만은 분명해 보였다.

수만이 두 손을 양쪽으로 펼쳐 보였다.

"이제 우리 사이에 남은 계약은 없는 거지? 난 널 구했고 넌 날 면역시켰으니까."

"칼에 찔리면 죽는 건 똑같으니까 조심해."

수만이 씁쓸하게 웃었다.

"그런데 말이지. 이렇게 멍청하면서 조직은 어떻게 유지하냐고 물어도 할 말은 없는데, 원안이란 놈은 도대체 누구야? 저 형사는 눈치챈 것 같던데."

종화는 허리띠에 꽂아두었던 권총을 꺼내어 수만에게 돌려주었다. 검은 새이기도 한 예배당을 이용해 휴원시와 직접 통신하는 거로 보아 원안은 이명서와 동등한 개발자나 관리자임이 분명했다. 거기에 푸른 절벽에는 고통이 없다고 알려준 점을 더하면···.

"그건 나야."

종화가 말했다.

〈끝〉

작가의 말

 이번 글은 제 단편 〈복원〉에 이어서 이른바 '특수 설정 추리물'의 틀을 두 번째로 빌렸습니다. 특수설정 추리물은 논리와 비밀의 상대적인 무게 조절에 성패가 달려 있는데, 〈푸른 절벽〉은 전자를 조금 희생해서라도 후자에 힘을 주자고 처음부터 작정한 글입니다. 여러 해 전에 제게 'SF를 쓰는 작가라면…'이라며 부채의식을 심어주셨던 분들 덕분입니다. 빚을 갚았다 생각하니 마음이 편합니다. 특수설정 추리물의 옷을 입은 글에 대한 아이디어가 적어도 두 가지는 더 남아 있습니다. 그 중 하나는 〈푸른 절벽〉과 세계관을 공유합니다. 차근차근 글로 옮겨 보겠습니다.

김창규

dot.25
푸른 절벽

초판 1쇄 발행 2025년 9월 10일

지은이	김창규
펴낸이	박은주
디자인	김선예, 이다솔, 이수정
마케팅	박동준
발행처	(주)아작
등록	2015년 9월 9일 (제2015-000140호)
주소	10542 경기도 고양시 덕양구 청초로 19 아이에스비즈타워센트럴 A동 707호
전화	02.324.3945-6 **팩스** 02.324.3947
이메일	arzaklivres@gmail.com
홈페이지	www.arzak.co.kr
ISBN	979-11-6668-825-6 04810
	979-11-6668-800-3 04810 (세트)

© 김창규, 2025

책 값은 표지 뒤쪽에 있습니다.
잘못 만들어진 책은 구입하신 서점에서 교환해 드립니다.